Im Schattenreich des Untersberges

Von Kaisern, Zwergen, Riesen und Wildfrauen

Herausgegeben und zusammensgestellt von:
Christian F. Uhlir
Mit Beiträgen von: Franz V. Spechtler, Peter Danner, Sigrid Schmidt,
Rosa Löw, Gerd Kerschbaumer & Georg Rohrecker

ZUM INHALT DES BUCHES

Der Untersberg bei Salzburg, auch Wunderberg genannt, gilt als sagenreichster Berg der Alpen. Das Buch behandelt im ersten Teil die Untersbergsagen, Kaiser- und Volkssagen. Die Kaisersagen beruhen auf einer mittelalterlichen Wandersage und handeln von verschiedenen, in den Berg entrückten Herrschern (Karl der Große, Friedrich I Barbarossa, Karl V usw.)und werden ergänzt mit Prophezeiungen und der Beschreibung der letzten Schlacht beim Walser Birnbaum. Die bis auf die Mythologie der Keltenzeit zurückreichenden Volkssagen handeln vom Wirken und von der Art der „Untersberger", von mythischer Wesen wie Wildfrauen, Zwergen, Riesen, Holz- und Moosleuten und vom Wilden Heer, der Wilden Jagd und sagenhaften Goldschätzen im Untersberg. Im zweiten Teil werden die Untersuchungen und Interpretationen der Untersbergsagen allgemein verständlich zusammengefasst. Ausgehend von der Natur des Sagenberges mit seinen Schauplätzen und Landschaften, leitet eine Sammlung von Anekdoten über zum historisch belegten Umfeld der Kaisersagen. Die Hintergründe der Kaiser- und Volkssagen werden ergänzt mit deren Veränderungen und propagandistischer Verwendung in der Zeit des Deutschen Nationalismus bis hin zum Nationalsozialismus.

DER VERFASSER DIESES BUCHES

Christian F. Uhlir, geb. 1963 in Salzburg, studierte Physik von 1983-85 an der Technischen Universität Wien und Geologie von 1985-93 an der Universität Salzburg. 1997 promovierte er an der Univeristät Salzburg über die Erosionsmechanismen im Himalaja. 1993-2000 Forschungsarbeit im Himalaja Nepals, 2000-2004 Forschungsassistent an der Universität Salzburg.

Seit 1998 betreibt C. F. Uhlir in Salzburg populärwissenschaftliche Projekte über die Salzburger Stadtberge in Kooperation mit Zoologen, Botanikern, Geographen, Historikern, Archäologen, Germanisten und anderen Spezialisten. Erstellt wurden Schautafeln, Wanderführer, Wanderkarten und Homepages, die sowohl bei Touristen als auch bei Einheimischen große Beachtung finden.

Bibliographische Information Der Deutschen Bibliothek: Die Deutsche Bibliothek verzeichnet diese Publikation in der Deutschen Nationalbibliographie; detaillierte bibliographische Daten sind im Internet über http://dnb.ddb.de abrufbar.

© 2004 Christian F. Uhlir (Redaktion)
Titelbild: Die Schlacht am Untersberg, Gerald M. Baumgartner, 1997, Wals
Vorsatz: Karl der Große verläßt den Untersberg, Buchillustration von Hans Markat, um 1860, Salzburger Museums Carolino Augusteum
Nachsatz: Reliefkarte des Untersberges, basierend auf GIS der Nationalparkverwaltung Berchtesgaden und dem Lage und Höhenlinienplan 1:5000 der Landesregierung Salzburg
Herstellung und Verlag: Books on Demand Gmbh, Norderstedt

ISBN 3-8334-2118-5

Ausschnitt aus dem Sattler Panorama.
Von Johann M. Sattler, 1829, SMCA

Manchmal stellt er seinen struppigen fuß fast bis vor den garten, in dem
ich wohne, ein andres mal wieder liegt er so weit draußen, daß man ihn für
einen sehr entfernten zyklopischen inselberg halten möchte, durch eine
viele meilen breite stelle des meeres von mir getrennt; und ein drittes mal
findet er sich gar nicht ein, ist hinter einem regengrauen horizont zu
vermuten, bereitet sich vielleicht auf ein plötzliches wiederauftauchen vor,
das mir stechende schmerzen durch die augen in die verzweigten, wirren
winkel meines schädels werfen wird.....

H. C. Artmann

Für meine Eltern

Inhaltsverzeichnis

Hintergrundinformationen 84

Einleitung

Menschen und der Untersberg

Sepp Forcher, Moderator, Salzburg

Für mich ist der Untersberg ein Begleiter meines Lebens, erstens waren wir acht Jahre lang Hüttenwirte auf dem Zeppezauerhaus und zweitens habe ich mich viel mit der Höhlenwelt des Untersberges befasst. Dabei stand zwangsläufig die Sage von Kaiser Karl im Vordergrund.

Ludwig Bieringer, Bürgermeister Wals-Siezenheim

Er ist eine Art Richtungsweisung, dass es etwas Höheres auch noch gibt. Von oben herunterzusehen ist etwas Einzigartiges. Er hat etwas Mystisches, Ergreifendes. In schwierigen Zeiten gehe ich alleine auf den Berg, setze mich auf einen ganz bestimmten Platz, den ich aus dem Bauch heraus ausgesucht habe und tanke Energie und Kraft.

Heinz Dopsch, Historiker, Salzburg

Sicherlich ist es kein Zufall, dass Karl der Große im Untersberg sitzt. Er war ja hier, 798 ist Salzburg Erzbistum geworden und nicht Regensburg, auch durch die enge Freundschaft des Erzbischofs mit dem Kaiser. Karl der Große galt schon zu Lebzeiten als der bedeutendste Herrscher, es war klar, dass er dann wieder kommt. Diese Sehnsucht nach einem starken Herrscher ist tief verwurzelt.

Richard Hemetsberger, Bürgermeister von Grödig

Für mich hat der Untersberg bereits seit meiner Kindheit eine große Bedeutung – nicht nur als Hausberg und als Wasserreservoir für unsere Gemeinde, sondern als mystischer Berg mit seinen Sagen.

Hans Weyringer, Maler und Künstler, Seekirchen

Der Untersberg steigt unmittelbar aus der Ebene heraus und schafft damit einen Übergang zu den Alpen, was mich als Künstler besonders interessiert. Beim Segelfliegen habe ich den Untersberg von oben erlebt, dabei hat sich eine neue Welt aufgetan – und ich habe in diesem Moment den Berg gespürt und dieser Eindruck hat mich bis heute nicht verlassen. Dieser Berg vermittelt mir den Eindruck „etwas passiert dahinter" – daher kommt wahrscheinlich auch die Mystik, die er ausstrahlt. Gemalt habe ich ihn schon mindestens 30 bis 40 mal.

Heinz Schaden, Bürgermeister, Salzburg

Der Untersberg ist ein sagenumwobener Berg. Ob Kaiser Karl wirklich im Inneren dieses Wunderberges schläft oder unermessliche Schätze im Untersberg versteckt sind, sei dahingestellt. Auch Sagengestalten habe ich dort noch keine getroffen - aber ich lese und höre die Geschichten immer wieder gerne.

Stefan Bilic, Verein torf, Salzburg

Ein alter Sagen- und Mythenberg, der Zeuge ist, dass es hier einmal eine andere Religion gegeben hat als das Christentum.

Winfried Wagner, Geschäftsführer der Untersbergbahn, Salzburg

Der Untersberg steht für Naturerlebnis, Erholung, die Seele baumeln lassen, gutes Essen und Trinken, Entspannung, Schönheit, historische Mythen und er ist kurzum „sagenhaft".

Franz Schnet, Naturpfleger von Berchtesgaden, Bischofswiesen

Der Untersberg ist für mich eine Barriere ins Flachland raus und damit ein Schutz vor Unwettern. Wenn ich auf unseren Untersberg gehe und dann auf dem Rauhenkopf stehe, fühle ich mich wie inmitten einer herrlichen Naturkrone aus Bergspitzen.

Fritz Kohles, Wirt und Kabarettist, Salzburg

Als Kleinkind, von Salzburg aus betrachtet, war der Untersberg für mich ein schroffes Gebirge, als wir dann nach Großgmain umgezogen sind, war er nur mehr ein hoher Hügel, er wurde milder in seiner Erscheinung, deswegen hat er für mich etwas Schizophrenes. Ich habe dort auch meine erste Fliegerbombe gesehen, und zwar als Brunnentrog beim Reindlbauer – ein entschäfter Blindgänger. Die Amerikaner haben den Untersberg bei Großgmain bombardiert in der Annahme, es handle sich um den Obersalzberg. Als 19-Jähriger hatte ich ein mystisches Erlebnis mit einem Großgmainer, dem Hildebrand. Beim Abstieg vom Vierkaser – wir waren etwas angeheitert – schlug Hildebrand einen Jägersteig ein und ich war damals schon etwas behäbig. Aber aus Angst mich zu verirren – am Untersberg geht das ja sehr leicht - bin ich so schnell wie möglich hinterher, halb gefallen, halb gegangen und wir waren schon nach einer halben Stunde unten, eigentlich unmöglich, da man für diesen Abstieg mindestens eine Stunde braucht – da ist mir schon a bissl entrisch worden.

Karl Gollegger, Bürgermeister Stellvertreter, Salzburg

In einem romantischen Gedicht des Bayernkönigs Ludwig I. heißt es:

> *„Sehet die ganz eigenen Gestalten,*
>
> *die des Untersberges Umriß zeigt.*
>
> *Und ihr fühlet ein unheimliches Walten*
>
> *Bey dem Anblick, dem kein and´rer gleicht."*

Dieses Gedicht umreißt für mich die Bedeutung des Untersberges: Es ist eine zutiefst in der Sagenwelt verhaftete, fast mythologische Kraft, die von diesem mächtigen Kalkstock ausgeht. Anderseits ist der Untersberg für mich ein nahe zur Stadt Salzburg gelegner Hausberg, der sowohl im Sommer als auch Im Winter zu Sport und Wanderungen einlädt.

Baron Maximilian Mayr Melnhof, Forstverwaltung Glanegg

Der Untersberg ist nicht nur Natur und Hausberg von Salzburg, sondern auch Verantwortung und Einnahmequelle in Jagd und Forstwirtschaft, da ein Teil davon in unserem Eigentum steht. Es ist ein Herzensanliegen unserer ganzen Familie, den Berg in seiner Schönheit so zu erhalten, wie er es jetzt dasteht.

Ernst P. Strobl, Kulturredakteur, Salzburg

Der Untersberg hat für mich persönlich seit 30 Jahren eine große Bedeutung. D. h. ich schau dieses beeindruckende Massiv täglich an und genieße den manchmal überraschenden und zu jeder Jahres- und Tageszeit wechselnden Anblick.

Leitner Martin, Mitbegründer des Untersbergmuseums, Fürstenbrunn

Der Untersberg ist mein Hausberg, ich habe 17 Jahre lang mitgeholfen die Steiganlagen herzurichten und das hat mich noch mehr mit meinem Heimatberg verbunden. Der Berg bedeutet für mich Wasser, Marmor und Wald als wichtige Rohstoffe und im Aussehen des Berges spiegelt sich für mich die Sagenwelt wieder.

Roman Fantur, Wirt vom Zeppezauerhaus am Untersberg

Als Nichtsalzburger ist der Untersberg für mich ein Arbeitsberg. Landschaftlich gesehen ist er einer der schönsten Aussichtspunkte in Salzburg, vor allem auf die Stadt Salzburg.

Alfons Kandler, Bürgermeister von Marktschellenberg

Der Untersberg ist für Marktschellenberg der Hausberg und hat eine entsprechend große Bedeutung für unsere Gemeinde. Dort befindet sich auch die Eishöhle, die vom Eishöhlenverein betreut wird und die Toni-Lenz-Hütte, wo die Touristen und Gäste Unterkunft und Verpflegung erhalten.

Pfarrer Sturm, Oberau bei Berchtesgaden

Dort soll in tiefen Höhlen Kaiser Friedrich Barbarossa hausen.

Sepp Hölzl, Zunftmeister der Holzhandwerker in der Scheffau

Für mich ist der Untersberg in erster Linie der Hausberg, den ich von meinem Anwesen aus jeden Tag anschaue, außerdem ist er bekannt für seine Sagen. Da ist auch die weltbekannte Marktschellenberger Eishöhle drin.

Herbert Josef Schmatzberger, Pfarrer von Großgmain

Für mich hat der Untersberg in erster Linie mythologische Bedeutung, weil nämlich Sagen, Mythen und Märchen für mich keine irrationalen Dinge sind, sondern die Grundlage unserer ganzen menschlichen und geschichtlichen Entwicklung. Der Kai-sermythos ist für mich deswegen von besonderer Bedeutung, da Karl der Große von seinen Biographen als der erste Europäer bezeichnet wurde, und da wir zur Zeit ein neues Europa aufbauen wollen, gewinnt der Inhalt dieses Mythos eine neue Aktualität.

Kurt Palm, Autor und Regisseur, Wien

Ich war am 7. Juli 1981 das letzte Mal am Untersberg und kam von der Promotionsfeier mit Heinz Schaden. Wir haben am Vortag so viel getrunken, und als ich mit meinen Eltern am nächsten Tag am Untersberg war, war mir so schlecht, dass ich am liebsten runtergespieen hätte.

Alexander Steinwendtner, Maler, Salzburg

Der Untersberg ist oben so zerklüftet, dass sich die Leute verirren, das finde ich gut. Es ist gut wenn es das noch gibt. Ganz Österreich ist wie ein Vorgarten, aber der Untersberg ist da anders. Mythen halten sich sowieso lange, verwandeln sich im Lauf der Zeit mit den Gegebenheiten der Leute.

Eberhard Haidegger, Literat und Eisenbahner Salzburg

Der Untersberg ist für mich bedeutsam, weil er eine so wunderbare Südostseite hat und weil er so nahe ist. Wir waren oft am Vormittag vor dem Nachtdienst auf dem Untersberg klettern und am nächsten Tag nach dem Vormittagschlaf wieder.

Thomas Friedmann, Autor, Salzburg

Mein täglicher Bezug zum Untersberg ist ein Bild in meinem Arbeitszimmer von Klaus Reif, einem befreundeten Maler, der vor Jahren unter mysteriösen Umständen am Untersberg verschwand bzw. der vom Berg verschluckt wurde. Vielleicht ist das ein Grund warum ich bis heute noch nie zu Fuß auf den Berg gestiegen bin, obwohl ich schon oft mit der Seilbahn oben war.

Od*Chi, Lebenskünster, Bayrisch Gmain

Der Untersberg ist mein persönlicher Kraftplatz, ich verbringe jeden Sommer oft mehrere Wochen oben am Berg und finde an Orten mit vollkommener Ruhe und Einsamkeit innere Einkehr.

Über dieses Buch

Mein Zugang zum Untersberg ist die Heimat. Ich bin am Fuße des Berges, in Glanegg und Fürstenbrunn aufgewachsen. Schon als Kind beflügelte dieser Berg meine Phantasien, so manche wundersame Geschichte wurde als etwas besonderes und geheimnisvolles hinter vorgehaltener Hand weitererzählt. Verbotenerweise besuchten wir mit selbstgebastelten Fackeln so manche Höhlen, um beim kleinsten Geräusch schreiend vor den „Untersbergern" davonzulaufen. In der Volksschule wurden mir die Sagen als Wissen um die Heimat vermittelt, besonders die Schatzsagen blieben im Gedächtnis dauerhaft präsent. Als Halbwüchsige streunten wir von einem geschichts- und sagenträchtigen Ort zum anderen, standen vor dem Karls Ohr und kletterten hinein, den geheimnisvollen Gang zum Walser Birnbaum im Kopf. Wir waren tagelang auf Schatzsuche, aber mehr als eine verrostete Pistole aus dem letzten Weltkrieg war nicht zu finden. Etwas später begannen wir den Berg entlang der bekannten Wanderwege, aber auch querfeldein zu besteigen, unternahmen so manche Klettertour, besuchten die großen Höhlensysteme und übernachteten am Berg mit dem Schlafsack bei romantischem Lagerfeuer und unvergleichlicher Aussicht auf die nächtliche Stadt Salzburg. Sturm und Drang, Studium und Arbeit drängten die Mythen und die Faszination dieses „Wunderberges" für 2 Jahrzehnte in den Hintergrund. Wobei mich sieben Jahre Forschungsarbeit im mythenbeseelten Himalaja Nepals sicher auf das Kommende vorbereitete.

1998 nahm ich zwischen zwei Asienaufenthalten den Auftrag an, eine Arbeitsgruppe für Informationstafeln zusammenzustellen. Dabei drängte sich sofort wieder der bereits etwas abgeschmackte Touristenbetrieb mit vergilbten Postkarten aus den 60-er Jahren und Brettljausen-Romantik in den Vordergrund. Meine Kollegin B. Loidl war über die mangelhafte Aufbereitung und Präsentation dieser Salzburger Ikone genauso verwundert wie ich, und so beschlossen wir, ein Projekt in Angriff zu nehmen, das dem Untersberg in seiner Vielfalt der Naturerscheinungen gerecht wird. Dieses Projekt wurde sofort von wohlwollenden und potenten Geldgebern unterstützt. Hoch motivierte Fachleute erklärten sich spontan bereit mit uns zusammenzuarbeiten. Dieses Buch steht nun am Ende einer Reihe von Projekten, wie Wanderkarte und Wanderführer, Internet Auftritten, Schautafeln und Vortragsreihen. Dafür wurde eine Unzahl von Büchern, Artikeln, Bild- und Datenmaterial zusammengetragen, durchgearbeitet und allgemein verständlich aufbereitet. Besonders anregend waren die vielen Stunden und Tage am Berg selber, die Geländeaufnahmen, Führungen und das Aufstellen von Schautafeln. Viele schöne Begegnungen und so manche Freundschaft haben sich dabei ergeben.

Seit mehr als 300 Jahren werden Handschrift en und Sagenbücher über diesen Wunderberg verfasst und veröffentlicht. Wie auch dieses, ist jedes einzelne mehr oder weniger stark geprägt von den vorherrschenden Geistesströmungen der Zeit, in der es verfasst wurde, und vom geistigen Milieu des Verfassers, der es bearbeitet hat! Seit 150 Jahren setzt man sich wissenschaftlich mit den Inhalten und Ursprüngen der Untersbergsagen auseinander und eine Vielzahl von Publikationen wurde darüber verfasst. Auch in der Literatur und bildenden Kunst haben sich die Sagen in einer Legion von Werken manifestiert. In der Umgebung des Berges werden die Kernthemen der Sagen in Brauchtum und Volkskunst immer wieder aufs Neue belebt. Politisch hatten vor allem die Prophezeiungen und Kaisersagen während des Entstehens des Deutschen Kaiserreiches eine enorme Brisanz. Zur Zeit des Nationalsozialismus wurden sie weidlich für Propagandazwecke ausgeschlachtet.

Durch die intensive Auseinandersetzung mit den Untersbergsagen über die letzten zwei Jahrhunderte explodierten die Variationen der Kernthemen und immer neue Themen wurden hinzugefügt. Der Berg zieht heute die modernen Mythen so stark an, dass sie, wie die angeblichen Kommentare des Dalai Lama zur Natur des Berges, innerhalb kürzester Zeit in aller Munde sind. Mystiker und Esoteriker reisen aus allen Herren Ländern an, um die Kraftplätze des Untersberges zu erkunden und zu erleben. Das Verschwinden von Menschen im Berg liegt so tief im Bewusstsein der dortigen Bevölkerung, dass vor wenigen Jahren damit sogar eine Flucht vor Bankschulden glaubwürdig inszeniert werden konnte. (1)

In Anbetracht der beschriebenen Vielfalt kann dieses Buch keinen Anspruch auf Vollständigkeit erheben und die verschiedenen Aspekte nur oberflächlich streifen. Wir haben versucht, mit einer rein sprachlichen Überarbeitung der zum Teil sehr alten Texte die wichtigsten Sagen in einer modernen, verständlichen Sprache wiederzugeben. Um den Zugang und das Verständnis zu den Sagenthemen zu erleichtern, wurden Auszüge von frühen Handschriften aus dem 18. Jahrhundert vorangestellt und kurze, allgemein verständliche Artikel zu verschiedensten Aspekten des Berges, der Sageninhalte, ihrer Verarbeitung, Verwendung und Verbreitung angehängt. Eine Fülle an Bildmaterial aus drei Jahrhunderten soll die Sageninhalte veranschaulichen, und für Interessierte wurden Quellenangaben beigefügt.

Abschließend bedanke ich mich: für die Anregungen und natürlich für die bereitgestellten Artikel der Co-Autoren Franz V. Spechtler, Peter Danner, Rosa Löw, Sigrid Schmidt & Georg Rohrecker, für wertvolles Archivmaterial der NS-Zeit von Gerd Kerschbaumer, für Bildmaterial dem SMCA und dem Untersbergmuseum, und für die inhaltlich sensible Überarbeitung der Sagentexte und Artikel durch meine zutiefst verehrte Lektorin.

Christian F. Uhlir

---

(1)   Siehe zweiter Teil, Kapitel Historisches, Politisches und Naturschauspiele.

Auszüge aus Originaltexten

Von einem Bauer, der eine wilde Frau liebte

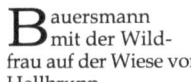

Bauersmann mit der Wild-
frau auf der Wiese vor
Hellbrunn.

Bild aus R. Freisauff
1880

Es hat sich abermall begeben, das ein Bauer ein wildte Frau hat lieb gehabt, das die wildene Frauen ihre Wohnung in den Hellebrun auf den Tiergardten, ihre ainge Löcher und Bädt gehabt, da hat es sich zuegedragen, das derselbige Baursman alle Nacht zu der wildten Frau gangen und bey ihr gelegen, da fragt in die wildte Frau, ob er aber khein Weib habe, er sagt nein, ich hab khein Weib und er verlaunget seines Weibs, hernach ist es ein lange Zeit angestandten, das er zu ihr gangen ist, darnach denckht ihr sein Weib, wo mues doch der Man allzeit hingehen, so dueth das Weib eins und geth fein hindter ihm nach, gar heimlich, das ers nit gesehen hat, darnach geht des Baurs sein Weib zu ihnen, sagt zu der wildten Frau, das dir Gott dein Härl bfieth, es hat ein schenes langes Har gehabt, das ihr iber die Böttprödter ist hinabgehangen und die Beirin hat ihrs widterumb hinaufgelegt auf das Bött, hernach sagt die wildte Frau zu den Baurn, schau, hast du gesagt, da hast khein Weib und der Baur erschrackh, da hat die wildte Frau gesagt, wan das dein Weib wer bes gewesen, so hett ich dich zerrissen, so khlain als der Staub in der Sonnen ist, aber weill sie an mich nüt launig ist gewesen, so habt ihr ein Schueh volle Geldt und khom nimmer daher und haus mit dein Weib wie es recht ist. (1)

Lazarus Gizner im Untersberg

.... das seynd die warhafftigen Weissagungen, dieh ich beschriben hab von disen Berg, darinen seyn ainsthayls verzaichnet wie es stehen solt auf Erden, in vill Lendtern Sterben, Theurung und Krüegt sein, auch des Unglaubens halber, so Gott der Herr verhengen würd yber die gottlosen Menschen die seinen göttlichen Worth nit nachfolgen wollen, sonder in ihren Wollust leben und handlen, yber sie will er schröckhliche Straffen erfolgen lassen, ich hab in den grossen Büechern gelesen, das der Glaub in denen Jahren so man zählen würd 59 und 65 unter allen Völekhern auf Erden so gar verkhert würd, viller Feindtschafft, Neyd und Hass, Morth und Liegen, Betruge und alle Hoffarth yberhand nehmen würd, Gottes Worth nur mit dem Mund bezeigen, aber mit dem Werckh gar unterlassen und ein ieder nach seinen Willen leben würd, darumb würd Gott verhengen yber die Teutsche Nation, das sich der Erbfeindt der Türckhen so gar würd yberziehen und sie bezwingen, das ihm die Teutschen wöllen entgegen gehen, und der Krüeg würd aber an Reinstramb erlegt werden, und die Christen werden untereinander selbst Krüeg führen und vill Völkher erschlagen, das die 3 Wässer, der Rein, Thonau und der Inn, mit Bluet werden fliessen, dan Gott würd verhengen yber sie wegen ihrer Hoffarth und Ybermueth, wegen der Fürsten des Römmischen Reichs es würd ein erschröckhliche Zeit seyn, das die Paurnleith ihre Pfluegeisen zu Krüegsristung werden machen lassen, Spiess, Hellerparthen und Schwerdt, darmit zu streiten, es würd nit allein am Reinstramb oder Teutschlandt, Franckhreich, Niderlandt und Payrn allenthalben grosser Zwang seyn, nit allein mit Krüeg, sonder auch mit Theurung, Kranckhheiten und Sterbens, das die Menschen ganz und gar verzagen und

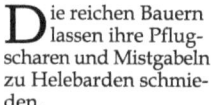

Die reichen Bauern lassen ihre Pflugscharen und Mistgabeln zu Helebarden schmieden.

Bild aus Handschrift 2398, SMCA Salzburg

verschmächt werden, weither zaigt mir der Münich an und ich habs selber gelesen in denselben Buech wie daso in Salzburg auf den Walserfeldt ein grosse Schlacht würd werden, des Glaubens halber und sein würd so greulich und erschröcklich, das es zu erbarmen sein würd, das alles geschieht durch die Verhengnus Gottes des Allmechtigen, dieweil ainer dem andern so gar khein Gleich thuet oder rechte brüederliche Lieb und Threu erzeigt, derohalben der allmechtige Gott die Unglaubigen würd ausreuthen durch Schwerdt, als mir der Münich gesagt und propheceyet hat, und er sagt mir auch von den Pierpaum, der auf den Walserfeldt steht zu ainen Zeugnus der Schlacht, denselbigen Paum hat er mir oben an der Porthen oder Vorhöll, heroben gezaigt und sprach, syhe Lazarus, der Paum, der dorth stehet auf dem Feldt, der ist lange Zeit thör gestandten und einmahl gar umbgehaut worden, darnach durch die wunderbarlichen Zaichen Gottes, seiner göttlichen Mayestätt ist er widerumb auf die Wurzel gestandten, darnach angefangen zu grainen und also für und für immerzue grüenet, und hat mir gesagt, wan diser Paum gar grün würd, so würd sich der Krüeg und Schlacht anfangen, es würd ein Fürsth von Bayrn seinen Schildt daran aufhengen, die Schlacht würd so gar gros und erschröcklich sein, das alles Volckh weith und breith zueziehen, ia die Paurnlenth mit der Reitl von dem Pflueg, der Menner mit der Gaissl der Rossen, der Handtwerckhsmann mit seinen Werckhzeug, ja auch die Weiber mit ihren Rechen und Ofengabl und andere Ristung mehr, das alles geschehen würd zu erretten den christlichen Glauben, dan er werth so gar abnehmen, das man Gott nur allein mit dem Mund würd bekhenen und von dem Worth Gottes praediciren und mit dem Werckhen verlaugnen, alsdan so würd alles Volckh aneinander erschlagen und erwürgen

Der mit einem Kreuz geschmückte christliche Endkaiser steht neben einem früchtetragenden Baum.

Bild aus Handschrift 2398, SMCA Salzburg

in grossen Grimmen und Zorn das das Feldt weith und breith mit erschlagen, erschossen, zertrettnen Menschen und Vieh ligen würd und auch mit Bluet yberrunnen bis an die Enckhel der Füess, und welches Volckh noch yberbleiben würd, dasselbig würd aneinander nit erschlagen oder erwürgen, aber es würd erschlagen werden von denen Risen, so in disen Berg wohnen, die Gott der Allmechtig hierinnen darumb erhalt, mitsambt Kayser Friderich, der auch hierinnen wandt, wie du ihn gesehen hast, sie werden auch hinauskhommen zu der Schlacht, die unglaubig, verstockhten und gottlosen Leuth helffen ausreuthen, das der höchste Adel in ainen Sadl darvonreithen würd, das das Volckh so gar bitter grimmig und erzürnt würd ybereinander, das vill Stätt, Märckht, Schlösser und Derfter ed werden stehen, das die Fix und Wölff und andere Creaturen oder Wildt ihre Wohnung darinen haben werden. Dann er mir vill von Salzburg gesagt und propheceit hat, wie es also ed gelassen würd werden und, die unvernünfftige Thier oder andere Creaturen unter St. Rueprechts Altar ihre Junge auspruethen werden, geschicht alles durch die Straff und Verhengnus Gottes des Allmechtigen, das die Menschen so gar nach ihren Wollust leben, Gottes Worth nur mit dem Mund erkhläret, aber kheiner Ehr oder Gottsdienst nit achten, kheine Erwürdigkheit nit pflegen sonder auf allerley Fortl, Betrug und Wuecher, falsche Mässerey sie brauchen, den Armen das Recht und das Glickh untertruckhen, welche die Warheit und threue Wahrnung reden, die verfolgen, darumb Gott sovill Plag und Ybls auf die Welt schickhen thuet, das vill Menschen verzagen werden, ...(1)

Ursprüngliche Themen in den alten Handschriften

Im vorliegenden Buch findet der Leser einen Großteil der heute dem Untersberg zugeordneten Sagen. In den ersten Handschriften aus dem 18. Jahrhundert kommen jedoch nur die folgenden Themen vor:

Die Geschichte von Lazarus Gizner im Untersberg

Von Riesen, die den Leuten halfen

- die sich an die Kirche in Grödig anlehnten

Von wilden Frauen und Viehütern

- die Korn schneiden gingen

- die einen Knaben vom Pferd nehmen wollten

- die einen Knaben bei der Kugelstadt entführten

- die sich nackt sehen ließen und Speisen wegnahmen

Von einem Bauern, der eine wilde Frau liebte

Von einem Holzmeister und dem Goldbrunnen

Von Kohlen, die zu Gold wurden

Von Leonhard Burger mit Goldbrunnen, Zwergen und Wildfrauen

Von Bergmännchen, die mit Kindern spielten und Käse und Brot austeilten

Von einem Bergmännlein auf der Hochzeit in Glasenbach

Von einem Weinfuhrmann im Untersberg

Von Jäger Holzöger im Untersberg (1)

Die Geschichte von Lazarus G. beschreibt die Wunderwelt und die Erlebenisse von Lazarus G. im Untersberg. Daran schließen sich die Prophezeiungen und die Beschreibung der Endschlacht beim Walser Birnbaum an. Die damit verbundenen Sagen bringen ergänzende Nachrichten (Zeugnisse) über das Leben und die Art der „Untersberger".

Alle anderen Sagen wurden im 19. Jahrhundert im Zuge der Zusammenstellung der Sagenbücher den ursprünglichen Untersbergsagen hinzugefügt.

Erster Teil

Die Untersbergsagen

Die Wildfrauen

In der Vorstellung des Volkes sind die Wildfrauen elfenähnliche Erscheinungen, halb Mensch, halb himmlisches Wesen. Ihre Schönheit ist überirdisch, nichts lässt sich mit dem Glanz ihrer Erscheinung vergleichen. Sie leben in Hügeln und Bergen. Nur zu bestimmten Zeiten und in seltenen Fällen können Sterbliche diese wilden Frauen erblicken. Am liebsten erscheinen sie armen Schäfern und Hirtenknaben. Man hält ihre Gunst für segenbringend, ihren Zorn aber für gefährlich. Nähert sich ein reines Menschenkind diesen wunderbaren, in den Berg entrückten Wesen in liebevoller Weise, so kann ihr Wiedereintritt ins Reich der Menschen stattfinden. Daher erklärt sich auch ihr unheimliches Streben, Kinder zu stehlen. (1)

Die drei Wildfrauen an der eisernen Stiege

Einst gingen zwei Studenten bei Glanegg auf die Berge. Da erblickten sie auf einer Wiese unterhalb der steinernen Stiege drei Wildfrauen. Die Burschen verhielten sich ganz ruhig und konnten beobachten, wie diese ihre goldglänzenden langen Haare in der dortigen Quelle wuschen, anschließend von der Sonne trocknen ließen und sie dann bürsteten, dass es Funken sprühte. Dabei sangen die Wildfrauen liebliche Weisen und tanzten in ihren weißen, wehenden Gewändern dazu. Ganz verzaubert sahen die Studenten den schönen Wesen zu, bis sie plötzlich verschwunden waren. (7)

Jungen Hirten aus Grödig erschienen mehrmals wilde Frauen aus dem Untersberg und gaben ihnen Brot und Käse zu essen. Sie halfen ihnen auch bei der Ernte und verweilten auf den Feldern bis zum Abend. Ohne die Abendmahlzeit mit den anderen einzunehmen, verschwanden sie wieder im Wunderberg. (2)

Bild aus Handschrift 1295, SMCA Salzburg

Nächste Seite:
Die Untersbergsagen, Hans Brunner, 1847, SMCA Salzburg

Der Kunstverein in Salzburg seinen Mitgliedern für 1887.

Der Bauernknabe und die wilden Frauen

Eines Tages geschah es, dass ein Bauersmann bei Grödig auf dem Felde ackerte und sein kleines Söhnlein auf das Pferd gesetzt hatte. Da kamen die wilden Frauen aus dem Untersberge, sie hätten das Knäblein gerne gehabt und wollten es mit Gewalt hinwegführen. Der Vater aber, dem die Geheimnisse und Begebenheiten dieses Berges schon bekannt waren, eilte den Frauen ohne Furcht entgegen und nahm ihnen den Knaben ab mit den Worten: „Was erfrecht ihr euch, so oft herauszugehen und mir jetzt sogar meinen Buben wegzunehmen? Was wollt ihr mit ihm machen?" Die wilden Frauen sagten: „Er wird bei uns bessere Pflege haben und es wird ihm bei uns besser gehen als zu Hause. Der Knabe wäre uns sehr lieb, es wird ihm kein Leid widerfahren!" Der Vater aber ließ seinen Knaben nicht aus den Händen, und die wilden Frauen gingen bitterlich weinend von dannen. (2)

Die wilden Frauen aus dem Wunderberge kamen aber wieder in die Nähe der Kugelstatt oder Kugelmühle, die auf der Anhöhe des Berges lag, und nahmen dort ein schmächtiges Knäblein mit, das das Weidevieh hütete. Nach einem Jahr sahen Holzleute dasselbe Knäblein am Untersberg auf einem Baumstock sitzen, es hatte ein schönes grünes Kleid an und war wohlgenährt. Dies erzählten sie den Eltern des Knaben, und am nächsten Tag suchten sie es mit Vater und Mutter an demselben Ort, aber der Knabe wurde nicht wiedergefunden. (2)

Eine wilde Frau als Friedensstifterin

Mehrmals hat es sich begeben, dass eine wilde Frau aus dem Wunderberge nach Anif ging, das eine gute halbe Gehstunde vom Berge entfernt liegt. Dort machte sie in die Erde Löcher und eine Lagerstatt. Sie hatte ungemein langes und schönes Haar, das ihr beinahe bis zu den Fußsohlen hinabreichte. Öfters sah ein Bauersmann aus Anif diese Frau. Wegen ihrer Schönheit und der Schönheit ihrer langen Haare entflammte sein Herz für sie. Er konnte dem Drange, sich ihr zu nähern, nicht widerstehen. Also ging er zu ihr, betrachtete sie mit innigem Wohlgefallen und legte sich endlich in seiner Einfalt, ohne Scheu, doch in allen Ehren zu ihr auf ihr Lager. Beide sahen einander an, und keiner sprach ein Wort, noch weniger trieben sie Ungebührliches. Als der Bauer die zweite Nacht wiederkam, fragte ihn die wilde Frau, ob er nicht selbst ein Weib habe. Er hatte zwar eine angetraute Ehefrau, doch verleugnete er sie und sprach: „Nein!" Die Bauersgattin aber machte sich allerhand Gedanken, wo denn ihr Mann des Abends hingehe und die Nächte zubringe. Sie suchte und fand ihn auf dem Felde bei der wilden Frau schlafend. Da rief sie der wilden

Frau zu: „O behüte Gott deine schönen Haare! Was tut ihr denn da miteinander?"
Mit diesen Worten wich das Bauernweib von ihnen, und ihr Mann erschrak gar
sehr darüber. Aber die wilde Frau hielt ihm seine treulose Verleugnung vor
und sprach: „Hätte deine Frau bösen Hass und Ärger gegen mich zu erkennen
gegeben, so würdest du jetzt unglücklich sein und nicht mehr von dieser Stelle
kommen, aber weil deine Frau nicht bös war, so liebe sie fortan und hause mit
ihr getreulich, und unterstehe dich nicht mehr hierher zu kommen, denn es
steht geschrieben: Ein jeder lebe treu mit seinem getrauten Weibe. Wenn dieses
Gebot einst nicht mehr geachtet werden wird, endet der Wohlstand der Eheleute.
Nimm diesen Schuh voll Geld mit dir, und sieh dich nicht mehr um!" Damit
verschwand die wilde Frau, und der erschrockene Bauer ging mit seinem Schuh
voll Geld heim und tat, wie ihm geboten war. (5)

Die wilde Frau auf dem Gossenleier Felsen

A uf dem Gossenleier Felsen nahe dem Dorfe Grödig
befand sich einst ein wunderschöner Garten voll herr-
lichster Alpenrosen. Darin saß zur Sommerzeit gar oft
eine holde Jungfrau, deren silberweißes Gewand weithin sichtbar war. Langes hellblondes Haar umwallte
ihren Nacken und ihre Augen waren blau wie die Flachs-
blüte. Sie sang so schöne Lieder, dass das Herz der Zuhör-
er ganz eigen bewegt wurde; insbesondere Kinder zog
ihr Gesang unwiderstehlich an. Deshalb warnten Eltern
ihre Kinder, ja nicht darauf zu achten, sondern, sobald
sie den Sirenengesang hörten, ein Vaterunser zu beten
und rasch weiterzugehen. Einige taten es nicht und
kamen in die Gewalt der wilden Frau. Bis zum jüngsten
Tag müssen sie mit ihr im Untersberg schmachten. (2)

Die Riesen

Außerordentliche Naturereignisse, großartig, mächtig und zerstörend in ihren Wirkungen, setzen auch gewaltige, riesige Kräfte als Urheber voraus. Diese Kräfte, dachten die Menschen, können nur übermenschlichen, göttergleichen Wesen eigen sein, und so entstanden die Riesen der nordischen und deutschen Sagen. In den Riesen personifizieren sich also die rohen Naturmächte, die alles vor sich hinwerfen und verschlingen; darum wird ihnen auch eine große, über menschliches Maß hinausragende Gestalt mit dem Gepräge des Ungeschlachten und Rücksichtslosen zugeschrieben. So wie aber die Riesen an Körperstärke den Menschen und die den Zwergen überlegen sind, so findet im Geiste das umgekehrte Verhältnis statt. Im Gegensatz zu den in vielen deutschen Riesensagen geschilderten Feindseligkeiten und Grausamkeiten gegen Menschen und Zwerge sind die Riesen des Untersberges harmloser Natur. (1)

Man erzählt von einem Riesen aus dem Wunderberg, der, angelehnt an die Grödiger Pfarrkirche, Männer und Weiber dazu anhält, ein christliches Leben zu führen und ihre Kinder zu rechter „Zucht" zu erziehen, damit sie alle einem bevorstehenden Unglück entgingen. (2)

Bild aus Handschrift 1295, SMCA Salzburg

Der Riese Abfalter

Am Fuße des Gaisberges begegnete er einst einer Riesenjungfrau, die vergeblich über die Salzach zu gelangen versuchte. Sie kam vom Abersee und hatte Steine in ihrer Schürze, die sie als Trittsteine über die Salzach benützen wollte. Ihre Schürze jedoch bekam unbemerkt ein großes Loch, durch das ihr nach und nach alle Steine rutschten.

Klagend über das Missgeschick traf sie der Abfalter an. Er besann sich nicht lange, hob die Jungfrau auf und setzte mit einem Schritt über die Salzach, um sie drüben unversehrt wieder abzusetzen. (2)

Auch Riesen lebten einst im Untersberg. Einer der mächtigsten war der Riese Abfalter. Noch immer sieht man auf dem Rücken des Berges nahe dem Hochthron einen großen Felsgraben, der ihm als Lager diente. In seinem Zorn warf er mächtige Felsblöcke ins Tal, sodass nach und nach Hügel entstanden, auf denen jetzt die Ortschaften Wals, Maxglan und Liefering stehen.

Bild von F. Dürnberger, 1922, aus W. Pfeifenberger, 1971

Die Untersberger Zwerge

Die Zwerge gelten als Urbewohner der Erde, und das Volk nennt sie uralt oder bergalt und aus Steinen geschaffen. Ihre winzige Gestalt erreicht kaum die Größe eines vierjährigen Kindes. Die Zwerge haben zwar eine menschenähnliche Gestalt, sind aber hässlich, ihre Gesichtsfarbe ist aschgrau oder schwarz, den im Verhältnis zum übrigen Körper übermäßig großen Kopf bedeckt ein breitkrempiger Hut oder die „Tarnkappe", den übrigen Körper eine grobe Kleidung von grauer, schwarzer oder brauner Farbe. Sie leben in den Klüften und Höhlen des Gebirges, hüten entweder ihre unermesslichen Schätze oder beschäftigen sich mit deren Vermehrung durch Bergbau. Die Zwerge werden bald als ein gutmütiges, hilfreiches und wohltätiges Völklein voll Klugheit und Verstand, bald als neckend, boshaft, falsch und diebisch geschildert. Musik und Tanz lieben sie sehr und nähern sich daher bei Hochzeiten oder Entefesten nicht selten den Menschen. Manchmal arbeiten sie auch für die Menschen und vermehren deren Reichtum. Ihnen geleistete Dienste vergelten sie reichlich. Im Allgemeinen halten sie sich aber vom Menschengeschlecht fern und scheuen zurück, da sie sich als die Ureinwohner der Erde und die Menschen als Eindringlinge betrachten. Aus dem Untersberg aber brechen sie zu bestimmten Zeiten in großen Scharen und wohl gerüstet hervor - stets als Zeichen eines bevorstehenden Krieges - oder sie halten im Dom zu Salzburg und in den Kirchen der Umgebung nächtliche Gottesdienste. (1)

Bewohner des inneren des Untersberges bilden eine sehr umfangreiche spezies der akotyledonischen semianthropomorphen. Sie sind zumeist, mit wenigen ausnahmen, von zartem blau, schön wie ungeborene sonnen, liebenswürdig, unberechenbar, häßlich wie schreckliche schlangenwurzeln, hilfreich, sinnlich bis zum exzeß, den wi'ssenschaften gewogen, durchsichtig geisterhaft wie irrwische, nicht greifbar, warm wie fleisch und blut eines menschen oder tieres, leicht wie rauch im wind, schwer wie ungeseigertes silber, winzigklein, moosrosenäugig, durch wände und schlüfte des berges bis an die sterne ragend, abgründig bösartig, makellos wie kristall oder schnell wie planeten im all eines staubkorns.

H.C. Artmann

Das Bergmännlein beim Tanz

Im Ort Glasenbach, der eine Viertelmeile von der Stadt Salzburg und über eine Stunde von dem Wunderberg entfernt ist, feierte einst ein Bauer Hochzeit.

Bild aus Handschrift 1295, SMCA Salzburg

Alte Leute versicherten glaubwürdig, dass sich ein Bergmännlein freundlich unter die Hochzeitgäste mischte. Es ermahnte alle, in Ehren fröhlich und lustig zu sein, und verlangte, auch mittanzen zu dürfen, und dieses Verlangen wurde ihm auch nicht verweigert. Es tanzte mit mehreren ehrbaren Jungfrauen mit so sonderbarer Zierlichkeit, dass die Hochzeitsgäste mit Verwunderung und Freude zuschauten. Nach dem Tanze bedankte es sich und schenkte der Braut drei Batzen, dem Bräutigam auch drei Batzen und ermahnte beide, sie sollten künftig friedlich leben, christlich handeln, fleißig beten und arbeiten und ihre Kinder zum Guten erziehen. Dann blieb es noch bei ihnen und nahm von jedermann Trunk und Speise, doch nur wenig. Etwas betrunken nahm es dann Abschied und sprach zu den Brautleuten: „Ihr werdet an meinen geschenkten Batzen euer Leben lang genug haben, wenn ihr sie zu eurem anderen Gelde legt." Dann bat er, dass ein Mann ihn über die Salzach bringen möge.

Mit dem Fährmann Johann Ständl ging er zur Überfahrt. Der Mond schien hell, und der Schiffer begehrte auf dem Wasser seinen Lohn. Das Bergmännlein reichte ihm in Demut drei Pfennige. Dieser geringe Lohn hat den Fährmann gar hart verdrossen, aber das Männlein sagte zu ihm: „Lieber Fährmann, verschmähe die drei Pfennige nicht, sondern behalte sie, so wird es dir niemals an Geld mangeln." Er schenkte ihm auch noch ein Steinchen und sprach: „Das hänge an deinen Hals, so wirst du nie ertrinken."

Und tatsächlich geschah es, dass der Fährmann bei Laufen ins Wasser fiel und über eine Viertelstunde darin lag, ohne dass es ihm geschadet hätte. Und die drei Pfennige, die er in seine Truhe gelegt hatte, vermehrten sich immerfort; so dankbar zeigte sich das Bergmännlein. (7)

Der Zwerg Hahnengickerl

Eine vornehme, reiche Frau wurde jahrelang von einem bösen Leiden gequält, gegen das kein Mittel helfen wollte, kein Arzt Rat wusste. Da erreichte sie die Mitteilung, dass sich der berühmte Arzt Theophrastus Paracelsus in Salzburg aufhalte und vielen als unheilbar geltenden Kranken durch seine Wunderkuren ihre Gesundheit wiedergebe. Hoffnungsvoll reiste die Frau nach Salzburg, nahm im „Goldenen Schiff" Quartier und ließ sogleich den Wunderarzt holen. Der untersuchte sie gründlich, schüttelte bedauernd den Kopf und sagte: „Liebe Frau, so leid es mir tut, muss ich Euch sagen, hier versagt meine ärztliche Kunst. Gegen dieses Leiden habe ich bisher noch kein Mittel gefunden."

Es war dem Meister sichtlich sehr unlieb, sein Unvermögen einzugestehen. Die Frau aber war trostlos, dass ihre letzte Hoffnung zunichte geworden war. Verzweifelt ging sie in ihr Zimmer und wälzte sich jammernd auf ihrem Bett. Da öffnete sich plötzlich die Tür, und mit stolzer Miene betrat ein kleiner Wicht den Raum. Er gehörte zu jenen seltsamen Wesen, die in großer Zahl das Innere

Zwerg Hahnengickerl bei der kranken, reichen Frau in Salzburg.

Bild aus R. Freisauff 1880

des Untersberges bevölkern, kluge Zwerge, die manche Kenntnisse haben, von denen die Erdenmenschen nicht einmal träumen. Mit pfiffigem Lächeln trat der Wicht an das Bett der Kranken und sagte: „Ja, bis zur letzten Weisheit sind auch die Menschen noch nicht vorgedrungen. Euer berühmter Paracelsus hat versagt, ich aber weiß ein Mittel, das Euch gesund machen kann, und werde Euch helfen. Dafür sollt Ihr aber ein Jahr lang an mich denken und meinen Namen nicht vergessen. Ich heiße Hahnengickerl, merkt es Euch wohl, Hahnengickerl. Nach einem Jahr komme ich wieder, und wenn Ihr dann nicht mehr wisst, wie ich heiße, müsst Ihr mir als meine Ehefrau in den Untersberg folgen."

Die Frau dachte, der Name sei wohl nicht schwer zu merken, Gesundheit aber könne ihr niemand verschaffen; sie war mit dem Handel einverstanden, der Wicht murmelte seinen Gesundspruch und schritt dann mit gewichtigen Schritten zur Tür hinaus. Von dieser Stunde an war die Frau wieder gesund und freute sich ihres Lebens. Glücklich und ohne Sorgen dachte sie nicht einmal mehr daran, dass sie so lange krank gewesen, und bald war ein Jahr seit ihrer Heilung vergangen. Eines Tages erinnerte sie sich an den Zwerg, aber, o Schreck, seinen Namen hatte sie vergessen. Sie riet hin und her und kam doch nicht darauf. Immer näher rückte der Tag, an dem der Zwerg wieder erscheinen sollte. Sie fragte alle Leute um die Namen von Zwergen, hörte die seltsamsten Worte, aber das vergessene war nicht darunter. Da ließ die Frau bekannt machen, ihr halbes Vermögen wolle sie geben, wenn man ihr den richtigen Namen des Zwerges sage. Doch niemand konnte ihr helfen.

Da ging eines Tages ein armes Mädchen, dessen Mutter schwerkrank zu Hause lag, auf den Untersberg, um heilkräftige Kräuter für ihre Mutter zu sammeln. Durch das Dickicht schlüpfend kam das Mädchen zu einer Felsspalte, aus der jubelnde Laute herausdrangen. Als sich die junge Kräutersammlerin neugierig vorbeugte, um den lustigen Sänger zu erblicken, bemerkte sie im Hintergrund der Spalte ein kleines Männchen, das wie toll im Kreis herumhüpfte und in die Hände klatschend mehrmals jubelnd ausrief:

„Juchhe, bin ich froh,

weil die Frau nicht weiß,

dass ich Hahnengickerl heiß!"

Mädchen beobachtet den Zwerg Hahnengickerl. Bild aus R. Freisauff 1880

„Hahnengickerl?" dachte das Mädchen, das von dem Wunsch der fremden Frau, einen seltsamen Zwergennamen zu erfahren, gehört hatte. Vielleicht war das der Name, den die Frau wissen wollte! Sie ließ alles liegen und stehen und lief, was sie laufen konnte, ins „Goldene Schiff" nach Salzburg, wo sie sich gleich bei der Fremden anmelden ließ. Rasch erzählte sie der verwundert aufhorchenden Frau, was sie auf dem Untersberg gehört hatte. „Ja, Hahnengickerl, so war der Name des Zwerges", rief die Frau, und Tränen der Freude rannen über ihre Wangen. Reich beschenkt kehrte das Mädchen zu seiner Mutter zurück, und von Armut und Sorge war ab jetzt keine Rede mehr. Der Zwerg Hahnengickerl aber musste wohl irgendwie erfahren haben, dass sein Name verraten worden war. Mit langem Gesicht musste er abziehen. Als der bewusste Tag herankam, ließ sich kein Hahnengickerl sehen. Die Frau aber reiste geheilt und glücklich von Salzburg ab und lebte gesund bis ins hohe Alter. (8)

Der Zwergenstein am Untersberg

E s gab einmal eine Zeit, da kamen die Untersberger Zwerge noch häufig aus ihren Behausungen im Inneren des Berges heraus und ließen sich ohne Scheu mit den Menschen ein. Damals begab sich ein armer Bauer, der sich sein Leben lang schwer genug geplagt hatte, auf den Untersberg, um Holz zu fällen. Als er mitten in seiner Arbeit war und auf gar nichts anderes achtete, stand auf einmal ein eisgraues, langbärtiges Männchen mit grauem Gewand und Zipfelmütze vor ihm, ein zierliches Stäbchen in der Hand, und fragte ihn, wie er heiße. Der Bauer zeigte sich über das unvermutete Auftauchen des Zwerges gar nicht erschrocken und nannte seinen Namen, wobei er ruhig weiterarbeitete. Da machte der Kleine mit seinem Stab ein paar sonderbare Zeichen in die Luft und stieß drei gellende Pfiffe aus. Als der Bauer verwundert aufschaute, sah er sich auf einmal von Hunderten Zwergen umringt, als ob sie urplötzlich aus dem Boden hervorgekommen wären. Nun bekam es der biedere Landmann aber doch mit der Angst zu tun, besonders als die lautlose Schar der grauen Männlein sich immer näher herandrängte und ihn neugierig betrachtete. Schon überlegte er, ob es nicht ratsam sei, sich davonzumachen, da sagte das erste Männlein: „Du brauchst keine Angst zu haben, es wird dir kein Leid geschehen. Sag mir nur, ob du uns Zwergen nicht einen Dienst erweisen möchtest."

Aufatmend erwiderte der Bauer: „Recht gern, wenn es mir möglich ist!" Da lächelte das Männlein freundlich und meinte: „Nun, so folge mir!" Auf kaum erkennbaren Pfaden schritten sie den Berg hinan, kamen durch düstere Schluchten und standen nach langem Marsch vor einer himmelhohen, steilen Felswand, wo es kein Weiterkommen mehr gab. Da schlug der Zwerg mit seinem Stab dreimal an den Felsen, der lautlos auseinander rückte und einen langen, dunklen

Gang freigab. Der vorangehende Zwerg deutete seinem Begleiter mitzukommen. Und wieder hatten sie einen langen Weg vor sich, bis sie zu einer eisernen Tür kamen, die von selbst vor ihnen aufsprang. Nun aber war es zu Ende mit der Finsternis. Ein Saal lag vor ihnen, aus dem dem überraschten Bauern der Glanz von tausend Lichtern entgegenstrahlte, die sich in den marmornen Wänden und in den silbernen Fliesen des Bodens widerspiegelten. Mitten im Saal stand ein goldener Thron, dessen Edelsteine in allen Farben des Regenbogens funkelten und strahlten.

Der Bauer beim Zwergenkönig im Untersberg.

Bild aus R. Freisauff 1880

Auf dem Thron saß ein altes, ehrwürdiges Männchen, die Schultern von einem wallenden Purpurmantel umhüllt, auf dem Haupt eine edelsteinfunkelnde Krone und ein goldenes Zepter in der Hand. Es war der König der Zwerge, um den zwölf seiner vornehmsten Untertanen standen.

Soviel Glanz und Herrlichkeit hatte der Bauer noch nie in seinem Leben gesehen. Er starrte wie gebannt auf die funkelnde Pracht und wagte es nicht, auch nur einen Schritt weiter zu tun; bangend wartete er, was nun mit ihm geschehen würde. Da winkte ihm der König und rief: „Komm näher, mein Sohn!"

Der Bauer schritt zögernd an die Stufen des Thrones heran und verbeugte sich ehrfürchtig. „Bist du bereit und auch mutig genug", fragte der König, „uns den berühmten Zwergenstein zu bringen?" Als der Bauer bejahte, setzte der König hinzu: „Dieser Stein hat nämlich die Eigenschaft, alle Zwerge, die ihn berühren, in Menschen zu verwandeln."

Dann teilte er dem ehrfurchtsvoll Lauschenden noch mit, wo der Stein vergraben sei und wie er sich bei der Arbeit zu verhalten habe, riet ihm auch eindringlich, vorsichtig zu Werk zu gehen, wenn er den Stein aus der Erde heraushole, denn ein Riese bewache ihn. „Die Hauptsache aber ist", schloss der König seine Unterweisung, „dass du in längstens drei Tagen zurück bist und während der ganzen Zeit auch nicht ein Wort sprichst; sonst ist alle deine Mühe und Plage vergebens, und es kann dich das Leben kosten. Gelingt dir aber deine Aufgabe, so will ich dich zum reichsten Mann der Welt machen."

Der Bauer versprach, die Anweisungen des Zwergenkönigs genau zu befolgen und begab sich sogleich auf den Weg. Nach kurzer Zeit erreichte er die Stelle, an der der Stein vergraben sein sollte, und machte sich eifrig an die Arbeit. Schon hatte er ein ziemlich tiefes Loch gegraben, da sprangen plötzlich drei Zwerge aus der Grube heraus und fragten ihn, was er da mache. Fast hätte er ihnen Antwort gegeben, aber zum Glück fiel ihm noch rechtzeitig ein, dass er ja kein Wort sprechen dürfe. Daher schüttelte er nur abweisend den Kopf und setzte seine Arbeit stillschweigend fort. Aber die Zwerge ließen ihm keine Ruhe, sie neckten und fragten ihn immerfort und versuchten ihn zum Reden zu bringen, so dass er schließlich, von Zorn übermannt, einen Prügel ergriff und die drei Kobolde niederschlug.

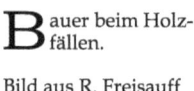

Bauer beim Holzfällen.

Bild aus R. Freisauff 1880

Nun ging die Arbeit eine Weile zügig vonstatten, die Grube wurde immer tiefer, und er hoffte, nun bald in den Besitz des gesuchten Steins zu kommen. Aber neue Hindernisse und Schwierigkeiten verzögerten sein Werk, bald hemmte eine riesige Steinplatte, die auszugraben ihm viel Mühe machte die Arbeit, bald wieder musste er sein Werkzeug schärfen, das schadhaft geworden war, und so kostete es ihn manchen Schweißtropfen, bis er endlich doch ans Ziel gelangte. Freudestrahlend hob er den Stein aus der Grube und eilte, so rasch er konnte, um die Frist nicht zu versäumen, zum König der Zwerge zurück.

Knapp vor dem Eingang der großen Halle kamen ihm ein paar Zwerge entgegen, die ihm schon von weitem zuwinkten und ihn gleich mit der Frage empfingen: „Bringst du den Stein?" Da dachte der Bauer nicht an das Verbot und rief laut: „Ja!" Nun war das Unglück geschehen. Kaum war das Wort seinen Lippen entschlüpft, erscholl ein furchtbarer Donnerschlag, dass der Boden erzitterte. Der Stein entfiel seiner Hand und fuhr tief in die Erde hinein, fast bis zur Mitte des Untersbergs, wo er heute noch stecken soll. Der Bauer aber stürzte tot zu Boden. Einige Zeit später fanden die Leute seinen Leichnam in einer tiefen, unwegsamen Schlucht. (8)

Eine alte Amme im Untersberg

In Salzburg lebte einst eine alte Amme, die war gescheiter als mancher Doktor und verstand sich besonders auf das Heilen gebrochener und verrenkter Glieder.

Im Herbst war´s. Sie hatte sich weidlich beim Ernteschnitt geplagt und suchte, kaum heimgekommen, todmüde das Lager auf, um beizeiten wieder an die Arbeit gehen zu können. Da klopfte jemand um Mitternacht an ihr Fenster. Unmutig über diese Störung ihrer Ruhe stand sie auf und fragte barsch: „Was gibt´s?" Da sah sie ein kleines Männlein draußen stehen, das mit einem Stimmchen so fein wie Zwirn erwiderte: „ Ach komm geschwind! Es liegt jemand in großer Pein, der sich diesen Abend beim Tanzen den Fuß verrenkt hat."

„Hätt´ sollen schlafen gehen wie andere ehrliche Leute!", brummte mürrisch die Alte.

„Es soll euch ja gut bezahlt werden!" entgegnete das Männlein.

„Ah, das ist ein anderes Wort, das lässt sich hören!", meinte die Alte, kleidete sich rasch an und kam rasch heraus, Tür und Tor hinter sich wohl verschließend.

„Wohin geht´s denn?", fragte sie jetzt.

Am Untersberg vorbei!", lautete die Antwort.

„Also nach Berchtesgaden?", fragte die Alte, ärgerlich darüber, dass sie noch so weit gehen sollte.

Aber das kleine Männlein tat, als hätte es diese Frage überhört, und lief wie ein Feldhuhn vor ihr her. Die Amme machte sich hinterdrein, taumelte aber schlaftrunken hin und her. Zuletzt achtete sie des Weges nicht mehr und merkte nur, dass es dem Untersberge zuging. Auf einmal bedeckten den bis dahin mondhellen Himmel riesige Wolken, als stiege ein großes Gewitter auf. Nur mit Mühe erkannte sie in der rabenschwarzen Nacht das kleine Männlein vor sich, das so rasch dahinlief, als hätte es das Auge einer Katze oder Nachteule. Endlich nahm sie ihr kleiner Führer bei der Hand und bald darauf war´s der Alten, als schritten sie durch einen langen dunklen Gang. Plötzlich öffnete sich eine Türe und geblendet von dem strahlenden Lichtglanz stand sie inmitten eines Gemachs, dessen Wände so wunderbar leuchteten, als ob Millionen kleine Lichter daran hingen. Aber die Wände selber strahlten gleichmäßig das wunderbare Licht aus und im Gemach wimmelte es von kleinen, gar kostbar gekleideten Männchen.

In einer Nische an der Wand sah sie des Weiteren ein kleines Bettchen stehen, nicht größer als eine Kinderwiege. Darin lag ein kleines Persönchen, so fein und zierlich wie eine Puppe. Schmerzlich verzog es das Gesichtchen und man sah, dass ihm das eine Füßchen weh tat.

Währenddessen ging die Türe auf und herab schritt gravitätisch ein putziges Männchen mit goldener Krone auf dem Köpfchen und einem roten Mäntelchen um die Schultern. Alle beugten sich ehrerbietig vor ihm nieder und auch die alte Amme machte einen Knicks. Der kleine König erwiderte huldvollst die vielen Grüße und begann zu sprechen: „Unsere geliebte Königin hat sich das allerhöchste Knöchelgelenk beim Abendtanz zu verstauchen geruht, als die Grillen einen so lustigen Tanz aufzirpten. Dem Übel solltest du abhelfen, da du dabei gar geschickt sein sollst!"

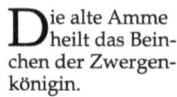

Die alte Amme heilt das Beinchen der Zwergenkönigin.

Bild aus R. Freisauff, 1880

Die Amme wusste gar nicht, was sie von der närrischen Anrede halten sollte. Indes streckte ihr die kleine Königin ihr Füßchen entgegen, und da sah sie, dass Ihre Majestät, der Zwergenkönig, richtig gesprochen hatte. Ihr war ganz unheimlich zumute, doch der König tröstete sie. Da fasste sie das Beinchen der hohen Patientin, streckte es und rieb es, sprach auch allerlei Sprüchlein dazu, wie es eben die Weiber machen, die sich auf die sogenannte „Sympathie" verstehen wollen, und sagte endlich: „Nun ist's gut!"

Und so war es auch. Denn lächelnd sah die Königin den winzigen König an und sprach mit einem gar feinen Stimmchen: „Es tut, bei meiner Treu', gar nicht mehr weh!" - Diesen Worten folgte ein Ausbruch allgemeiner Freude. Frohgestimmt sprach der König zu dem kleinen Männchen, das die Amme in den Berg gebracht hatte: „Bringe sie wieder heim und belohne sie reichlich!" Darauf bedankte sich die alte Frau sehr höflich und folgte ihrem kleinen Führer. In einem dunklen Gang befal ihr die Schürze aufzuhalten und füllte diese sogleich mit Steinen, stopfte ihr auch den Säckel unter der Schürze mit solchen an, bis sie die Last fast nicht mehr tragen konnte. „Halt ein!", rief sie „das Schürzenband reißt sonst." Da hörte das Kerlchen auf, klopfte einmal an die Tür und ehe sich's die Alte versah, stand sie urplötzlich an ihrer Haustüre. War alles, was sie erlebt hatte Wirklichkeit, war's ein Traum? Sie wusste es nicht. Der Mond schien wie früher, ihr Haus war das selbe geblieben. Alles war wie immer, nur in ihrer Schürze hatte sie eine schwere Last. Neugierig, was es wohl sei, schaute sie hinein und sah - nichts als graue Steine. „Ei, so soll dich doch!" rief die Alte zornig aus und warf den ganzen Inhalt ihrer Schürze unüberlegt auf die Straße, schloss unmutig die Haustüre auf und suchte brummend ihr Bett auf. Bald sank sie in tiefen Schlaf. Als sie am Morgen die Augen öffnete, erinnerte sie sich der Erlebnisse der letzten Nacht, hielt aber alles für einen Traum. Als sie sich ihren Säckel umbinden wollte, fühlte sie dessen Schwere. Rasch leerte sie den Inhalt auf den Tisch, und siehe da, vor ihr lag - pures Gold. Fast wäre sie in Ohnmacht gefallen. Sofort erinnerte sie sich, dass sie den Inhalt der Schürze, der ja zweifellos gleich kostbar war, vor ihrer Haustüre ausgeschüttet hatte. Sie eilte hinaus, doch da lag nichts als ein Häuflein kleiner, wertloser Steine. Was nützte es, dass sie sich jetzt die Haare raufen wollte, es war zu spät. Ihrem unüberlegten Handeln war die Strafe auf dem Fuße gefolgt.

Als sie später die ihr gebliebenen Goldklümpchen für schweres Geld an einen Goldschmied verkaufte, erzählte sie die Mär und erfuhr nun, dass sie bei den Zwergen im Untersberg gewesen war. Von dem erhaltenen Gelde stellte sie ihr altes, baufälliges Haus neu her und lebte in großem Wohlstand bis ans Ende ihres Lebens. (1)

Dienende Untersberger

Zum Mooswirt kommt einmal spätabends ein Mädchen, bittet um Nachther-
berge und bietet sich als Dienstmagd an. Die gutmütige Frau bemerkt zwar,
dass sie zur harten Stallarbeit zu zart und fein gebaut ist, nimmt sie aber doch
auf wiederholtes Bitten in ihren Dienst. Treu, folgsam und freundlich ist das
Mädchen von früh bis spät auf den Beinen und unter ihrer sorgsamen Pflege
nimmt das Vieh zusehends zu, im Haus ist alles in Ordnung und blendend rein,
im Garten blüht und duftet es, das Feld steht reich voll Ähren, so dass die Frau
die Stunde segnet, in welcher das Mädchen in ihren Dienst trat. So bleibt es
mehrere Jahre, bis einmal ein Holzhauer, der vom Untersberg zurückkehrt,
beim Wirtshaus still hält, die Magd herausrufen lässt und zu ihr sagt: „ Als ich
heute hoch oben am Berg Holz fällte, hörte ich auf einmal aus einer Steinkluft
rufen: „Du Bauer, sag der Magd beim Mooswirt, dass ihr Vetter gestorben ist“."
Kaum hat die Dirne die Kunde vernommen, macht sie sich ohne Abschied zu
nehmen auf und eilt dem Untersberge zu. Niemand sah das Mädchen seitdem
wieder, aber die Wirtsleute haben sie nie vergessen und ihren Namen immer
segnend genannt. (1)

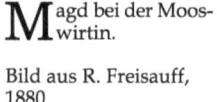

Magd bei der Moos-
wirtin.

Bild aus R. Freisauff,
1880

Heereszüge der Untersberger

Das wilde Heer

Zuweilen tönt aus den Tiefen des Unterberges kriegerische Musik und Waffengeklirr, und zwar immer, wenn Kriegsgefahr dem Lande droht. Mit feuersprühenden Waffen durchstürmen dann wilde Ritter und Knappen in glühenden Panzern auf Flammenrossen zur Nachtzeit die Gefilde Salzburgs.

Mit Tagesgrauen endet der wilde Umzug und die gespenstischen Scharen kehren, an der Plainburg vorbei, durch eine nur wenigen sichtbare, eherne Pforte bei Hallturm zwischen den abgestürzten Felsen in den Untersberg zurück. (2)

Das wilde Heer auf dem Gröbiger Notgelt, 60 Heller Schein, von K. Reisenbichler, 1920.

Bild: Untersbergmuseum

Im Jahre 1807 wurde der Pförtner vom Pass Lueg in der Nacht durch einen gewaltigen Lärm geweckt. Als er zum Fenster hinaussah, erblickte er eine unzählbare Schar von Untersbergmännlein gegen den Pass anrücken, welche stürmisch Durchlass begehrten. Auf die pflichtgemäße Weigerung des Pförtners hätten sie tobend die Pforte gesprengt und seien durchgezogen. Der Pförtner wendete sich wegen dieses Vorganges an einen benachbarten Pfarrherrn mit der Bitte um Rat, ob er darüber an seine Vorgesetzten berichten oder schweigen solle. Man vermutet, er habe ihm zum Letzteren geraten. (1)

Kirchfahrten der Untersberger

Die Schildwache und die Untersberger im Dom zu Salzburg

Die Untersbergmännlein besuchen nachts häufig nahegelegene Kirchen, um dort Messe zu halten. So erblickte einst in der Mitternachtsstunde die Schildwache einen langen Zug kleiner Männlein, die paarweise über den Residenzplatz in die Domkirche zogen. Plötzlich wurde diese hell erleuchtet und Orgelklang, Musik und Chorgesang ertönten. Verwundert und mit Angst erfüllt sah die Schildwache diese gespenstische Erscheinung und wagte sich vor Entsetzen nicht aus dem Schilderhause, um die Wache zu rufen. Ungefähr eine halbe Stunde dauerte der Gottesdienst. Nach dessen Beendigung verließen die Männlein wieder paarweise mit lautlosen Schritten, wie sie gekommen waren, den sich schnell verfinsternden Dom. Die Wachablösung fand den zum Tod erschrockenen Mann fast leblos und erfuhr von ihm nur noch das Gesehene, worauf er gleich tot zu Boden stürzte. (1)

Nach der Legende wurden noch viele andere Kirchen in der nahen und weiteren Umgebung des Untersberges besucht: St. Zeno und St. Peter und Paul in Reichenhall, St. Bartholomä am Königsee, St. Salvador in Prien am Chimsee, St. Dyonysien in Vigaun, St. Peter am Dürnberg, Zu unserer lieben Frau auf der Gmain in Großgmain, St. Michael in Inzell, St. Johannes am Högl, St. Martin bei Lofer, St. Maximilian in Maxglan, St. Valentin in Marzoll, Seekrichen, Feldkirchen, St. Gilgen, Traunstein, St. Peter in Salzburg und St. Peter am Tauern. (9)

Der Landarzt von Anger fuhr in einer sternenklaren Nacht von einem Krankenbesuch in Großgmain nach Hause. Als er an der Kirche von St. Zeno vorüberfuhr, wollte das Pferd plötzlich nicht mehr von der Stelle. Rasch sprang er vom Wagen, um nachzusehen, ob nicht irgendein Hindernis im Wege liegt. Da schlägt´s eben Mitternacht, sein Blick fällt auf die Kirche, und mit Entsetzen sieht er diese hell erleuchtet. Orgelton und hellstimmiger Chorgesang tönten aus derselben und klangen wundersam durch die stille Nacht. Als er sich der Kirchenpforte neugierig näherte, fand er sie verschlossen. Da er um jeden Preis sehen wollte, was in der Kirche vorging, kletterte er mühsam zu einem der Kirchenfenster empor und warf einen Blick ins Innere des Gotteshauses. Da sah er die ganze Kirche von vielen Hunderten von Lichtern taghell erleuchtet und den Hochaltar glänzend geschmückt mit den prächtigsten Blumen und Blüten. Drei Geistliche standen davor und zelebrierten eben das Hochamt.

Die Betstühle waren dicht besetzt mit Menschen - Männern und Frauen - in den wunderlichsten Gewändern, wie man sie vor vielen hundert Jahren trug. Darunter waren wieder Hunderte von winzig kleinen Männchen, alle mit großen Bärten und in schwarze Kutten gekleidet. Und alle sangen sie zu den mächtigen Klängen der Orgel so schön, daß es den Arzt wunderbar ergriff. Dabei wurde ihm plötzlich so Angst und Bange, dass er sich mit beiden Händen am Gitter halten musste, um nicht herabzufallen. Eiligst verließ er seinen Standort, eilte seinem Wägelchen zu und fuhr im Galopp auf und davon. Im selben Moment schlug die Turmuhr eins, und sogleich war die Kirche wieder in Dunkelheit versunken wie zuvor. (2)

Geisterzüge der Untersberger

M armorsteinbruch am Untersberg um 1792.

Bild von F. V. Naumann, SMCA Salzburg

Der Totenzug

Josef Klapf war als Steinbrecher am Untersberge beschäftigt. Nach einem mühevoll verbrachten Tag ging er einst in einer mondhellen Sommernacht von Glanegg nach Hause. Als er zum Berge bei der Kugelmühle kam, gingen eine Menge kleiner Leute die Straße hinauf. Einige kamen ganz nahe an ihn heran und er sah auch mehrere Bekannte unter ihnen, die, wie er wusste, schon lange gestorben waren. Neugierig fragte er einen der Bekannten, wohin sie denn gingen. Der aber gab ihm eine so derbe Ohrfeige, dass er besinnungslos zu Boden stürzte. Als er aus seiner Betäubung erwachte, waren die Leute verschwunden. Der Steinbrecher ging von Angst und Schrecken erfüllt nach Hause und starb bald darauf eines raschen Todes. (2)

Die schwarzen und die weißen Untersberger

In einem Dorf nahe dem Untersberg sah einst eine Frau vom Balkon ihres Hauses herab, als plötzlich drei kleine Männchen vor dem Tore standen, welche sie aufforderten, die Türe zu öffnen. Sie verlangten eine Speise, und gern gab ihnen die Frau, was sie noch hatte, - zwei übrig gebliebene Krapfen. Nachdem sie gegessen hatten, fragten sie nach der Zeche. Die Frau wollte nichts annehmen, indes meinten die Männlein, sie dürften sich nichts schenken lassen, und legten drei alte Münzen unter das Salzfass. „Willst du wissen", sagten sie, „wer wir sind?" „Wohl möchte ich das wissen, wenn es mir nicht schadet!" meinte die Frau. „Wir sind vom Untersberg und ziehen nach Spanien; uns folgt ein großes Heer. Schließe den Fensterladen, wenn die Schwarzen kommen, kommen aber die Weißen, so magst du ihn wieder öffnen." Hierauf schieden die drei Männlein. Bald darauf rückte auch schon ein langer Zug von kleineren Kriegern, der eine volle Stunde währte, heran. Derselbe war in Scharen abgeteilt, an der Spitze jeder Schar ein Führer, vier Rössel (kleine Pferde mit Reitern) trabten immer nebeneinander, weiße und schwarze, je nach den weißen oder schwarzen Farben. Alle trugen Lanzen und Schwerter. Den Schluss machte ein großer, schwarzer Hund. (2)

Der schweigsame Zug

Unweit von Salzburg ist der Pass am „hangenden Stein". Zur Zeit der Franzosenkriege, in der Salzburg bald diesem, bald jenem Herrn gehörte, wurde der Beamte in tiefer Nacht aus dem Schlafe geweckt; ein Zwergmännchen, dergleichen er nie gesehen, stand am Fenster und forderte ihn auf, die Gitter zu öffnen. Er blickte um sich und gewahrte eine unabsehbare Menge ähnlicher Gestalten. Er wagte nicht, den geforderten Dienst zu verweigern. Und nun begann der Durchmarsch der Untersbergmännchen. Voran zogen Jünglinge, wohl in einer Front von zehn Mann; ihnen folgten Männer, alle nach alter Art gekleidet und bewaffnet. Dann folgten Greise, ihrer Kleidung nach schienen sie Richter oder Räte zu sein, worauf der Zug sich schloss, wie er begonnen. Wohl zwei Stunden dauerte der schweigsame Zug. Der letzte befahl, die Gitter wieder zu schließen. Am frühen Morgen erkundigte sich der Beamte bei den Landleuten des nächsten Dorfes. Einige hatten den Marsch deutlich vernommen. Sofort machte der Beamte seiner Behörde in Salzburg die Anzeige. Dorthin berufen, blieb er bei seiner Aussage und erklärte, obwohl von militärischer Seite selbst mit körperlicher Züchtigung bedroht, dass er kein Wort davon zurücknehmen könne. - Das bedeutet Krieg, meinten die mit der Sage vertrauten Personen.

Immer wenn die „Untersbergmandln" sich in Waffen zeigen oder wenn man aus den Höhlen des Berges Trommelschall und Waffengetöse hört, wird das Land von feindlichen Truppen überschwemmt. (4)

Der Kampf um den Untersberg

Ein besonders unheimliches Erlebnis mit den Untersbergern hatten einst zwei Gendarmen, die gegen zehn Uhr abends von Glanegg nach Grödig unterwegs waren. Der Vorfall, der sich dabei zugetragen haben soll, wird in einem alten Bericht folgendermaßen geschildert: „Ungefähr eine Viertelstunde vor Grödig begegnete ihnen ein Zug grauer Männlein mit großen Bärten, schweigsam und lautlos. Die Gendarmen, nicht an die Untersberger denkend und einen Schelmenstreich von Bauernjungen vermutend, riefen dem Zuge ein „Halt!" entgegen. Doch die Männlein scherten sich nicht darum, sie zogen ihres Weges weiter. Da griffen die Gendarmen zu ihren Waffen und schossen in die Menge hinein. Trotzdem sie glaubten, den einen oder anderen getroffen zu haben, sahen sie doch keinen stürzen; wohl aber blieb jetzt der Zug stehen und der Anführer derselben hob dreimal drohend seine Rechte gegen die beiden Gendarmen. Dann setzte sich der Zug wieder in Bewegung und war im nächsten Augenblick den Augen der entsetzten Gendarmen ent-schwunden.

In die Stadt zurückgekehrt, machten sie sofort bei ihrem Kommando die Meldung von diesem Vorfalle. Einundzwanzig Tage später, sie waren inzwischen in einen anderen Ort versetzt worden, wurden beide tot in ihren Betten aufgefunden." (7)

Holz und Moosleute

Sie gehören zu den Waldgeistern und bilden einen Übergang zu den Zwergen. Während diese vorzugsweise im Inneren der Berge hausen, wohnen die Holz- und Moosleute in den Wäldern. Ihr Leben scheint an Bäume geknüpft, denn ein Holz- oder Moosweibchen muss sterben, wenn ein Baum entrindet wird. Sie erreichen die Größe eines dreijährigen Kindes, verkehren freundlich mit den Menschen, helfen ihnen bei der Arbeit und beschenken sie nicht selten. Der wilde Jäger ist der Holz- und Moosleute größter Feind, er stellt ihnen wütend nach, ergreift sie und zerreißt sie in der Luft in Stücke. In Salzburg sind diese Waldgeister so bekannt, dass Handwerker und Drechsler sie nachbilden und feilbieten. (1)

Ein Bauer beim Holzfällen trifft auf ein Moosweibchen.

Bildvon R. Freisauff, 1980

Im Jahre 1665 fällte ein Bauer in der Nähe des großen Mooses Holz. Als die Abenddämmerung hereinbrach, wollte er zu arbeiten aufhören und nach Hause gehen. Da stand plötzlich ein kleines Moosweibchen vor ihm und bat ihn inständig, er möchte auf die geschlagenen Stämme drei Kreuze einhauen: „Es wird gut für euch und für uns sein. Wir werden vom wilden Jäger nachts ohne Unterlass gejagt und haben auch anders keinen Frieden vor ihm, als wenn wir uns auf behauene Baumstämme setzen, die mit drei Kreuzen versehen sind. Auf diesen muss er uns in Frieden lassen und kann uns nicht schaden." Der Bauer dachte sich, das Kreuz ist immer ein gutes, heilbringendes Zeichen und erfüllte die Bitte. Das Weibchen dankte ihm dafür und versprach dem Bauern alles Glück, und da er ein frommer, guter Mann war, begleitete ihn auch des Himmels Segen, sein Wohlstand wuchs, und seine Kinder erfreuten ihn noch spät im Alter.

Zwei Jäger gingen einst zur Hahnpfalz auf den Untersberg. Sie übernachteten am Steingraben in der Holzhütte, die mit trockenem Moos und dürrem Buchenlaub angefüllt war. Vor dem Einschlafen bemerkten sie auf einmal ein grün gekleidetes Männchen mit roten Aufschlägen vor der Hütte, welches einen sogenannten Nebelstecher (Kegelhut) auf dem Kopf hatte. Es nickte mit demselben, und sie hörten es deutlich folgende Worte singen:

„Kann sein, ös schießt´s an Hahn;

Kann sein, nöt a! (aber auch nicht)

Kann sein, ös kemmt´s no hoam;

Kann sein, nöt a!"

Damit war das Holzmandl, denn ein solches war´s, verschwunden. Die beiden Jäger hatten aber keine Ursache, sich über großes Weidmannsglück zu freuen, denn der eine verstieg sich und kam erst zwei Tage später elendig nach Hause, der andere aber verschlief sich. (1)

Die wilde Jagd

Durch das Christentum wurden die alten Götter in Schreckbilder verwandelt und so wurde aus dem alten menschenfreundlichen Gotte Wotan ein finsteres gespenstiges Wesen, gezwungen in hohen Bergen zu hausen oder in den Klüften herumzuirren. Mit dieser mythischen Person hängt das wütende Heer (Wotans-Heer) eng zusammen. Gleich dem Sturmwinde braust der Geisterzug heran, verworrenes Geheul schallt durch die Lüfte, man hört Pferde wiehern, Hunde bellen, Peitschenknall und Jagdrufe. Wehe dem nächtlichen Wanderer, er ist unrettbar verloren, wirft er sich nicht sogleich mit dem Gesichte auf die Erde und lässt den Geisterzug vorbeirasen. Manchmal nimmt die wilde Jagd auch die Gestalt eines feurigen Drachens oder eines unter Rabengekrächze dahinrollenden Wagens an oder kündet sich durch Geistermusik oder Waffengeklirr an. Aus dem Untersberge erschallen dann Töne, die immer näher und näher rücken. (1)

Ein Junggeselle aus Liefering, bei dem durch jedes Äderchen im ganzen Leib nur Kraft und Leben sprudelte, so dass er nie einen Gattern aufmachte, sondern lieber frisch darüber hinwegsprang, versäumte auch nicht gern eine Tanzunterhaltung oder andere Lustbarkeiten. Als er einmal nach Mitternacht von den Spielleuten aus Salzburg nach Hause kehrend, noch die Geigen und Klarinetten hörte, dass er fast in Versuchung geriet auf der Straße zu walzen, wurde er plötzlich durch einen fruchtbaren Lärm, welcher schnell wie der Wind näherrückte, aus seinen lustigen Träumereien aufgeschreckt. „Holla, Bua!" sprach der Lieferinger zu sich selber, „das geht nicht natürlich her, es ist die wilde Jagd in Anzug!" Damit streckte er sich flugs zu Boden und legte sowohl Hände als auch Füße kreuzweise übereinander. Plötzlich fuhr die wilde Jagd ganz knapp über ihn mit unsinnig verworrenem Geheul hinweg. Hundegebell, Katzengeschrei, Rossgewieher, Raubvogelgekrächze, Natterngezisch, mischten sich aufs Grausigste durcheinander. Im Nu war alles vorbei. Als der Junggeselle wieder kräftig auf den Füßen stand, drangen nur noch die letzen matten Töne aus weiter Ferne an sein Ohr. (1)

E s hat bisweilen trübe Zeiten gegeben, in denen oft meilenweit kein Mensch sich satt zu Bette legen konnte. So war es auch anno siebzehn (1817). Aber in diesem Jahre flog der Drache, wie alte Leute erzählen, und das war die tröstliche Deutung einer segensreicheren Zukunft. Da gingen einst der Pfenningbauer und der Bäckermüller aus Sitzenheim bei Nacht von Salzburg nach Hause. Mit einem Male verbreitete sich eine Helle, sie schauten in die Höhe und sahen eine pudelförmige feurige Gestalt mit langem, flammendem Schweife durch die Luft gegen den Untersberg fahren. Dort verschwand die Erscheinung mit Knallen und Krachen, als ob der ganze Berg in Trümmer stürzte. Dieses Schauspiel beobachtete man auch im benachbarten Bayern. (1)

T raditioneller Umzug der Wilden Jagd in Grödig.
Bild: Untersbergmuseum

Kaisersagen und Bergentrückungen

Der Glaube des Volkes an eine neue, bessere Welt ist innig verwachsen mit der Vorstellung des Wiedererwachens seiner Helden, welche in hohe Berge verzaubert (verwünscht, entrückt) bis zum Tage der Entscheidung schlummern, dann aber erwachen, um den letzten Kampf auszukämpfen.

Im Untersberg, dem Berg der Gottesruhe (Unterruhe), schläft Kaiser Karl, umgeben von seinem Hofstaat, nur Er, der große Kaiser, dessen Tatenruhm so wundervoll ist. Er, der persönliche Freund des Erzbischofs Arno und der große Wohltäter des Erzstiftes, lebt in der Erinnerung des Volkes, nicht Friedrich oder Karl V. Einigen besonders frommen Menschen ist es gelungen, in den Berg hineinzukommen und all´ die Pracht zu schauen, die den großen, edlen Kaiser umgibt. (1)

Kaiser Karl mit Gefolge schlafend im Untersberg.

Bild: R. A. Jaumann, ca. 1880, SMCA Salzburg

Kaiser Karl im Untersberg

In den Tiefen des Untersberges herrscht Kaiser Karl der Große als unumschränkter Herr und Gebieter. Kaiser und Könige, Fürsten und Große, Scharen tapferer Krieger gehorchen seinen Winken. Er wurde einst in diesen Berg entrückt und harrt nun der Zeit, da er und seine Heerscharen aus dem Berge hervorbrechen und am Walserfeld eine Schlacht schlagen werden. Dies wird der Fall sein, wenn der Erbfeind kommt und Deutschland in der größten Not ist. Dann ist auch des Kaisers Bart dreimal um den Tisch gewachsen, an dem er sitzt, und an der Spitze seines ganzen Heeres wird er ausrücken, um eine Schlacht zu schlagen, die ihresgleichen nicht mehr finden wird. Denn so reichlich wird das Blut fließen, dass es den Kriegern in die Schuhe rinnen wird. Der Kaiser wird aber den Kampf bestehen und nach dessen Ende sein Wappenschild an den Birnbaum auf dem Walser Felde aufhängen, der schon so oft umgehauen und immer wieder auf´s Neue emporgewachsen ist. (2)

Kaiser Karl im Wunderberg

In dem Wunderberg sitzt neben anderen fürstlichen und vornehmen Herren auch Kaiser Karl, mit goldener Krone auf dem Haupt und seinem Zepter in der Hand. Er hat noch ganz seine irdische Gestalt behalten. Sein Bart ist grau und lang gewachsen und bedeckt das goldene Bruststück seiner Kleidung ganz und gar. An Fest- und Ehrentagen wird der Bart in zwei Teile geteilt, einer liegt auf der rechten Seite, der andere auf der linken. Der Kaiser hat ein scharfes und tiefsinniges Angesicht und er zeigt sich freundlich und kameradschaftlich gegenüber allen Untergebenen, die dort mit ihm auf einer schönen Wiese hin und her gehen. Warum er sich da aufhält und was sein Tun ist, weiß niemand außer Gott.

Franz Sartori erzählt, dass Kaiser Karl V. an einem Tisch sitzt, um den sein Bart schon mehr als zweimal herumgewachsen ist. Sobald der Bart zum drittenmal die letzte Ecke desselben erreicht haben wird, tritt diese Welt in ihre letzte Zeit ein. Der Antichrist erscheint, auf den Feldern von Wals kommt es zur Schlacht, die Engelsposaunen ertönen, und der Jüngste Tag ist angebrochen. (5)

Kaiser Karls letzte Schlacht

Wenn über Deutschland die höchste Not hereinbricht, erwacht Kaiser Karl zu neuem Leben, sammelt sein Gefolge und zieht an der Spitze desselben aus dem Untersberge hin zum großen Walserfeld. Dort angekommen, hängt er sein Wappenschild an einen dürren Ast des Birnbaums, der oft verflucht und abgehauen wurde, doch immer wieder nachwuchs. Darauf erschallt sein Heerruf durch Deutschlands weite Gaue, und alle treuen Deutschen eilen, sich unter seinem Schilde zu sammeln. Aber auch alle Feinde Deutschlands und viele seiner eigenen Söhne werden sich zusammenrotten, mit großer Heeresmacht den Kaiser angreifen und ihn und seinen Anhang zu vertilgen suchen. Damit wird eine schreckliche dreitägige Schlacht entbrennen, zu der alle Männer, Weiber und Kinder laufen und mitmorden werden. Die Erschlagenen werden Hügel bilden, das Erdreich wird nicht mehr das vergossene Blut einzusaugen vermögen, es wird den Streitern in die Schuhe laufen und des Rasens und Mordens wird kein Ende, bis am Abend des dritten Tages alle fremden und einheimischen Feinde Deutschlands gedemütigt, erschlagen und vernichtet sind. Über das blutige Walserfeld wird vom Hohenstaufen noch die Sonne ihre scheidenden Strahlen entsenden, wenn von dem großen Wahlplatze der Kaiser mit seinem Heer gegen Salzburg zieht, dessen alte Burg einst Zeuge seiner Verzückung war und Zeuge ist seines Sieges und seiner Herrlichkeit. Die Tore der Stadt werden zu eng sein, um die Scharen der Streiter einzulassen, die Räume derselben zu klein, sie zu beherbergen. Am kommenden Morgen aber wird der Kaiser mit allen Bischöfen, Fürsten und Edlen der Wunderhalle und seinen tapferen Heerscharen im hohen Dome zu Salzburg ein feierliches Dank- und Lobamt halten, den ewigen Frieden verkündigen und seinen Nachfolger als Ersten des neuen Kaisergeschlechts erwählen. (1)

K aiser Karl verlässt mit seinem Gefolge den Untersberg. Bild von H. Makart um 1860, SMCA Salzburg

Kaiser Friedrich im Untersberg

Kaiser Friedrich Barbarossa war vom Papst gebannt worden. Alle Kirchen verschlossen sich ihm, kein Priester fand sich, der ihm die Messe lesen oder gar das heilige Abendmahl spenden wollte. Der Kaiser kam nach Salzburg, um Ruhe zu finden.Er fand sie nicht. Auf den Walser Feldern traf er mit dem Erzbischof von Salzburg zusammen. Es kam zwischen ihnen zu einem heftigen Streit, der damit endete, dass der Erzbischof ihm fluchte und erklärte: „Der Kaiser soll so wenig bei Gott Gnade finden, wie der Birnbaum auf dem Walser Felde je wieder Blätter und Blüten treiben wird." Damit ließ er den Baum vor den Augen des Kaisers kurz über der Erde fällen.

So kam die heilige Osterzeit heran. Der edle Kaiser wollte das heilige Fest nicht stören und der gläubigen Christenheit kein Ärgernis geben, so ritt er denn zur Jagd. Er legte ein kostbares indisches Gewand an, nahm ein Fläschchen mit wohlriechendem Öle zu sich und bestieg sein feuriges Ross. Keiner von des Kaisers Leuten kannte jedoch sein Vorhaben. Die Jagd verlor sich bald tiefer in den Wald, und nur wenige seines Gefolges vermochten dem kaiserlichen Herrn zu folgen. Auf einer Lichtung nahm Kaiser Friedrich plötzlich ein wunderbares Fingerchen in seine Hand und verschwand vor den Augen seiner Begleiter.

Vergebens durchforschten seine Getreuen die Wälder, durchstöberten die Schlucht, riefen seinen Namen. Er war und blieb verschwunden. Niemand ahnte, wohin er gekommen war. Seit jener Zeit aber haust er im Untersberge. (2)

Des Kaisers Bart

Alle hundert Jahre erwacht Kaiser Karl und sendet von seinem dem Leben wiedergegebenen Gefolge einen Edelknecht hinauf zum Geiereck, um nachzusehen, ob die Raben noch den Berg umkreisen. Währenddessen naht des Kaisers holde Tochter, misst die Länge des Bartes an der Rundung des Tisches, und wenn sie sieht, dass er zum dritten Mal noch nicht herumreicht, entströmen Tränen ihren Augen und werden im Geflechte des Haares zu Perlen. Auf des zurückkehrenden Edelknaben Meldung, dass noch Raben den Berg umschwärmen, neigt sich das Haupt des Kaisers wieder auf die Brust, und mit einem Wehrufe versinken er und das glänzende Gefolge in die alte Erstarrung. Doch wenn die Zeit der höchsten Not hereinbricht, dann erfüllt sich auch der Spruch der Verzückung. Die Raben verlassen dann den Berg, um die Leiber der edelsten Deutschen zu zerhacken, welche durch Verrat gefallen sind oder im Kampf gegen Zwietracht und Unterdrückung. Dann meldet der ausgesandte Edelknecht hocherfreut das Verschwinden der Raben. (1)

Der Hirte von Grödig

I n einer herrlichen, sternenklaren Sommernacht des Jahres 1713 trieb ein Hirte aus Grödig seine Herde nach Hause. Plötzlich, er wusste selbst nicht wie, stand vor ihm ein kleines Männlein und forderte ihn auf, ihm in den Untersberg zu folgen. Der Hirte tat nach seinem Wunsch und befand sich, ehe er sich´s versah, in einem großen, hellerleuchteten Prunksaal. Kaiser Karl, Friedrich der I. und II., Heinrich I., sowie viele Fürsten des römisch-deutschen Reiches schlummerten um einen Marmortisch. Unzählige Ritter und Knappen lagerten zu ihren Füßen.

Kaum war der Hirte eingetreten, erwachte Kaiser Karl und fragte: „Fliegen die Raben noch um den Berg?" und jener antwortete: „Ja, In Menge!" Auf das hin sprach der Kaiser: „So müssen wir noch warten hundert Jahr!" kaum hatte er das gesprochen, war alles verschwunden und der Hirte stand wieder bei seiner Herde. Hundert Jahre darauf flogen die Raben nicht mehr um den Berg, sondern jenen Leichnamen zu, die zu Tausenden in Russland lagen. (2)

E in Edelknabe meldet, dass die Raben den Berg noch umschwärmen.
Ausschnitt aus „Die Sage vom Untersberg" von H. Brunner um 1847, SMCA Salzburg

Unterweltsagen und bergentrückte Menschen

Die Unterwelt, einst der Aufenthalt der Götter, später die Walhalla der Helden, liegt unter der Erde inmitte hoher Berge. Eiserne Pforten, Höhlen und Grotten bilden die Zugänge und werden den Menschen nur selten sichtbar. Es ist fast immer ein Zwerg, welcher das neugierige Menschenkind hereinlockt und den himmlischen Aufenthaltsort mit seinen prächtigen Palästen umgeben von grünen Wiesen bestaunen lässt. Nach einigen Tagen führt es der Zwerg bei derselben Pforte wieder aus dem Berge. (1)

Lazarus Gitschner, der Besuch im Untersberg

Im Jahre 1529 stand Lazarus Gitschner beim Stadtschreiber von Reichenhall in Diensten. Dieser überredete einst seinen Herrn, den Stadtpfarrer Martin Elbenberger, und einen Bürger von Reichenhall, mit ihm den Wunderberg zu besteigen. Als der Tag gekommen war, den sie miteinander bestimmt hatten,

Lazarus betritt den Untersberg durch eine eiserne Pforte.

Bild aus R. Freisauff, 1980

wagten sie sich in Gottes Namen fort. Sie kamen zu einer Klamm, der hohe Thron genannt (Mittagsscharte beim Salzburger Hochthron). Dort war eine Schrift mit silbernen Buchstaben in einen Stein gehauen, welche sie lange anschauten und lasen, ohne deren Sinn und Inhalt enträtseln zu können. Nachdem sie noch weiter auf dem Berge herumgestiegen waren, gingen sie wieder nach Hause. Sie besprachen miteinander das Gesehene, und der Herr Pfarrer befahl dem Lazarus Gitschner, er solle den Berg noch einmal besteigen und die Schrift auf Papier bringen. Lazarus bestieg gleich am nächsten Tage - dies war am letzten unsrer sieben Frauen Tage im Herbst - den Berg und schrieb die Buchstaben genau und deutlich ab, wie sie hier folgen:

S. V. R. G. E. T. S. A. T. V. M.

(surget satum - aufgehen wird, was gesät worden ist)

Dabei war es Abend geworden, und da er ohnehin nicht mehr nach Hause gehen konnte, blieb er in dieser Klamm über Nacht. Dies geschah an einem Mittwoch. Am Donnerstag frühmorgens, ging er, um sich umzusehen, ein wenig aufwärts. Plötzlich sah er einen barfüßigen Mönch vor sich stehen, der in einem Buche las und einen Bund Schlüssel auf den Schultern trug. Dieser Mönch

Die Reichenhaller gehen zum Untersberg. Bild aus Handschrift 2398, SMCA Salzburg

sprach zu Lazarus: „Wo bist du gewesen und wo gehst du hin? Bist etwa hungrig?" Da dachte letzterer: „Jetzt werde ich Gold bekommen und ein reicher Mann werden," darum erzählte er dem Mönche in aller Vertraulichkeit seine Absicht. Da sagte der Mönch zu Lazarus: „Gehe mit mir, es wird dir und deinen Mitmenschen gut geschehen. Ich werde dir auch genug zu essen und zu trinken geben und dir zeigen, was die eingehauenen Buchstaben in dieser Klamm zu bedeuten haben." Sie gingen von dem Orte, wo sie geredet hatten, zum Hohen Thron, wo der Mönch eine eiserne Pforte öffnete und den Lazarus durch ein Tor führte, an dem eine steinerne Bank war. „Hier", sagte der Mönch, „auf diese Bank lege deinen Hut, denn an eben diesem Ort wirst du wieder herauskommen. Solange du drinnen bist, sprich zu niemandem ein Wort, es mag einer zu dir sagen und dich fragen, was immer er nur will; mit mir aber kannst du reden, was dir beliebt und recht ist, aber merke dir alles wohl, was du sehen und hören wirst." Nach diesen Worten schritten beide durch das Tor. Da sah Lazarus einen großen Turm mit einer Uhr, die mit Gold verziert war. Der Mönch sagte: „Siehe, auf welcher Stunde der Zeiger steht." Und es war 7 Uhr. Sie gingen weiter, und Lazarus sah ein schönes, prächtiges Gebäude mit zwei Glockentürmen, einem Kloster ähnlich. Es stand auf einer schönen, grünen, weiten Wiese, die mit

Ein Mönch führt Lazarus über den Untersberg. Bild aus Handschrift 2398, SMCA Salzburg

schattigen Obstbäumen voll der vornehmsten Früchte geziert war und von silberreinen Bächlein durchschlängelt wurde, deren eines mit zwei messingnen Röhren zum Gebäude in einen großen marmornen Granter geleitet war.

L azarus betritt den Paradiesgarten im Berg und legt den Hut ab.

Bild aus Handschrift 2398, SMCA Salzburg

In diesem Gebäude befand sich ein prachtvoller Tempel, welcher so groß war, dass Lazarus beim Eingang kaum den Hochaltar sehen konnte, vor welchem beide dann beim hochwürdigsten Gut in größter Andacht beteten. Nach dem Gebete führte ihn der Mönch in einen Kirchenstuhl und sagte: „Lazarus! Bleibe da, bis ich wiederkomme und dich hinwegführe. Betrachte alles; diese Kirche hat mehr als zweihundert Altäre, über dreißig Orgeln und auch zahlreiche andere Musikinstrumente."

Also blieb Lazarus an dieser Stelle, und es kamen bald alte und junge Mönche über eine große breite Stiege herab. Es waren an die dreihundert Paare, alle in hölzernen Schuhen. Sie schauten ihn im Vorübergehen scharf an und gingen vor zum Hochaltar, wo sie mit größtem Eifer ihr Chorgebet hielten, wie es in der Domkirche zu Salzburg üblich ist. Danach wurde mit allen Glocken zum Gottesdienst geläutet, und diese hatten einen so schönen und lieblichen Ton, wie ihn Lazarus noch nie in seinem Leben gehört hatte. Nun sah er Volksscharen mit schönen, doch nicht übertrieben geputzten Kleidern in die Kirche wallen.

Hierauf fingen die Mönche an, an allen Altären Messen zu lesen und am Hochaltar das Hochamt zu halten, und sämtliche Orgeln mit allen übrigen Musikin-
strumenten ertönten laut und prächtig, so dass es den Lazarus nicht anders
dünkte, als wäre er leibhaftig im Himmel. Als nun der Gottesdienst vollendet
war, ging alles Volk wieder aus der Kirche, und auch die Mönche verließen den
Chor und gingen die Stiege hinauf, von wo sie gekommen waren. Nach einer
Weile kam der Mönch wiederum zum Lazarus und sprach zu ihm: „Jetzt bleibe
noch da, man will zum Essen gehen." Nach zwölf Uhr führte der Mönch den
Lazarus über die Stiege, die nicht weniger als achtzig aus Marmor schön und
regelmäßig gearbeitete Stufen hatte, in ein großes, zu beiden Seiten mit hohen
Fenstern versehenes Vorhaus, von welchem er auf die große, weite Wiese hin-
absah, auf welcher das Gebäude stand. Mitten durch dieses Vorhaus führte ihn
der Mönch ins Refektorium, welches oben gewölbt und mit Fenstergittern wohl
verwahrt war. Dort standen lange prächtige Tafeln. Nahe der Türe setzte der
Mönch den Lazarus an einen gedeckten Tisch und sagte: „Lazarus, jetzt bleibe
da, ich will dir zu essen und zu trinken geben." Doch während er um das Essen
ging, blickte Lazarus zum Fenster hinab und sah ganze Scharen des Volkes über
die große Wiese von einem Wald zum anderen hin- und hergehen.

Unterdessen kam der Mönch mit dem Essen daher, welches aus Fleisch,
Kraut, Gerste, einem Laib Brot und einem Becher guten Weines bestand, so wie
man in dem uralten Stift und Kloster
St. Peter in Salzburg bewirtet wird.
Das Speise- und Trinkgeschirr war
wohl geputzt und von feinstem
Zinn. Hernach befahl er ihm, Gott
für das Essen zu danken und führte
ihn alsdann wieder in die Kirche
zur Vesper und aus ihr zurück durch
das Vorhaus in das Refektorium, von
welchem er und der Mönch zum

Die frommen welt-
lichen und geist-
igen Fürsten im Berg
beteiligen sich an den
religiösen Übungen.

Bild aus Handschrift
2398, SMCA Salzburg

Fenster hinaus auf die schöne Wiese hinabsahen, wo wieder viele Leute freundlich und gemeinschaftlich hin- und hergingen. Auf die Frage, wer diese Leute seien, gab der Mönch zur Antwort: „Diese Leute wa-ren Kaiser, Könige, Fürsten, Bischöfe, Prälaten, Ritter, adelige und unadelige Herren und Frauen, Klosterleute, Knechte und Dienstmägde, Reiche und Arme, alles rechtliche Leute, welche für Erhaltung des christlichen Glaubens gestritten haben". Unter ihnen waren auch viele, welche Lazarus selbst noch gekannt hatte, wie Erzbischof Leonhard von Keutschach zu Salzburg, Herzog Albrecht aus Bayern und seineHausfrau, Prälaten von St. Peter und St. Zeno und noch viele andere, Reiche und Arme. Gitschner fragte, wer derjenige sei, der die goldene Krone auf dem Haupte und das Zepter in der Hand habe? Der Mönch erwiderte: „Das ist unser getreuer Regent Kaiser Karl, der alle übrigen Kaiser und Könige hier unter sich hat, auf dem großen Walserfelde einst verzückt worden ist und jetzt hier erscheint, wie er in der Welt aussah."

Der Kaiser trug einen langen grauen Bart, der ihm das goldene Bruststück an der Kleidung bedeckte und an Sonn- und Feiertagen in zwei Teile geteilt und mit einem aus kostbaren Perlen gemachten Bande eingebunden wurde. Er hatte ein scharfes, tiefsinniges Gesicht, war mit jedem ohne Unterschied sehr freundlich und ordnete alles mit großer Güte an. Sein zahlreiches Militär konnte Lazarus trotz allen Schauens gar nicht beschreiben. Täglich zogen Krieger mit anderen Rüstungen und unter klingendem Spiele auf, und mehrere von ihnen soll man außerhalb des Berges schon gesehen haben, wenn ein großer Krieger unter den Potentaten im Anzuge war. Wo aber der Kaiser, die vielen Menschen und Soldaten ihre Wohnung haben, konnte Gitschner nicht erforschen, da er außer dem Kloster kein anderes Gebäude sah. Auch der Mönch gab ihm hierüber keine Auskunft, sondern vielmehr eine Maulschelle, als er fragte, was denn hierorts immerfort bis zu den letzten Zeiten der Welt zu tun sei. „Das ist mir und dir nicht nötig zu wissen, denn es steht uns nicht zu, den Geheimnissen Gottes aberwitzig nachzuforschen. Es steht dir frei, herauszugehen oder zu bleiben." Gitschner bat seines Vorwitzes wegen um Verzeihung und erklärte, bleiben zu wollen.

Am Abend kamen alle Mönche in schönster Ordnung und beteten und sangen aus Büchern, die aus bloßer Baumrinde verfertigt waren. Nach dem Chore machten alle noch freiwillige geistliche Betrachtungen. Dem Lazarus wurde es nachher erlaubt, in den Büchern zu lesen. Nach der Komplet (letztes Abendgebet) gingen die Mönche in den hohen Turm, durch welchen Gitschner in den Berg gekommen war und den er wegen seiner Schönheit so sehr bewunderte. Es war eben wieder sieben Uhr, wie bei seiner Ankunft. Der Mönch zeigte ihm da zu beiden Seiten zwölf geschlossene, mit Eisen beschlagene Türen und sagte: „Durch diese Türen geht man nach St. Bartholomä in Berchtesgaden, nach Salzburg in die herrliche Domkirche, nach Kirchenthal zur Muttergotteskirche, nach

Feldkirchen, nach Gmain zur Gottesmutter, nach Seekirchen, nach Maxglan, St. Michael, St. Gilgen, St. Zeno, Mariaegg in Bayern und nach St. Peter und Paul." Einst musste Lazarus mit den Mönchen durch eine dieser Türen gehen. Sie stiegen über eine lange Treppe hinunter, und nachdem sie eine gute Zeit eben fortgegangen waren, sagte der Mönch: „Jetzt gehen wir tief unter einem See." Dann kamen sie in eine Kirche, in welcher die Mönche mit größter Andacht Gottesdienst hielten, nach dessen Beendigung alle wieder in den Wunderberg zurückkehrten. In den folgenden Nächten wurden noch mehrere Gotteshäuser besucht. Den Weg legten sie jedes Mal in kurzer Zeit zurück und hatten dabei die volle Tageshelle, obgleich keine Sonne zu sehen war. Lazarus erfuhr dabei, dass die zuerst besuchte, ihm ganz unbekannt gewesene Kirche jene zu St. Gilgen sei.

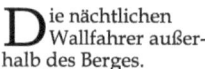

Die nächtlichen Wallfahrer außerhalb des Berges.

Bild aus Handschrift 2398, SMCA Salzburg

Als er nun später aus dem Berge wieder heraus war, besuchte er dieses Gotteshaus, um sich von der Wahrheit zu überzeugen. Er fand es wirklich so; nur konnte er nicht begreifen, wie sie durch das Kirchenpflaster auf- und abwärts gekommen sein mochten.

Zum Schlafen hatten die Mönche wenig Zeit, waren aber doch stets munter, wachsam, fröhlich und hielten fest an einer schönen Tagesordnung. Lazarus war sechs Tage bei ihnen, hatte selbst nicht den geringsten Mangel an Essen und Trinken, sah auch die Mönche speisen und trinken, aber äußerst wenig zu sich nehmen, konnte jedoch während dieser Zeit nicht schlüssig werden, ob diese Wunderbergbewohner Geister seien oder nicht, worüber schon so viel gestritten worden ist. Endlich führte der Mönch den Lazarus wieder zu dem Tor, durch welches er hereingekommen war und wo er seinen Hut niedergelegt hatte, und sagte zu ihm: „Jetzt ist es Zeit, dass du wieder nach Hause zurückkehrst"; er hieß ihn dann ein wenig warten, um ihm zur Wegzehrung noch zwei Laib Brot zu holen. Als der Mönch mit dem Brot zurückkehrte, blieb er noch eine Weile bei Lazarus stehen und sagte zu ihm: „Mein Lazarus!

Du hast jetzt bei uns gar wunderliche Dinge gesehen, die du dir wohl merken und pünktlich aufschreiben sollst." Alsdann segnete er ihn, ermahnte ihn, gottesfürchtig und treu zu leben, und verbot ihm schließlich, von dem, was er im Wunderberge gesehen und gehört hatte, vor Ablauf von 35 Jahren jemandem etwas zu sagen. Lazarus Gitschner ging darauf voller Erstaunen und Verwunderung über das Gesehene und Gehörte geradewegs nach Hause. Der Herr Stadtpfarrer und der Stadtschreiber stellten ihn zwar wegen seiner langen Abwesenheit und wegen seiner Niedergeschlagenheit und Tiefsinnigkeit zur Rede, er übergab ihnen aber nur die Abschrift der in der Klamm gefundenen Inschrift und war im übrigen durch ganze 35 Jahre still und verschwiegen. Bald nach Ablauf dieser Zeit nahte im 65-igsten Lebensjahr sein Ende. Das hier erzählte berichtete er offenherzig, bei gutem Verstande und in Gegenwart seines Beichtvaters. Gitschner hinterließ einen ehelichen Sohn Johann (einen zu Bergheim bei Salzburg ansässigen Bauern), der später jedem gern mitteilte, was sein Vater im Untersberge gesehen hatte. (1)

Lazarus beobachtet durch ein Fenster die Fürsten im Garten.

Bild aus Handschrift 1295, SMCA Salzburg

Lazarus Gitschner erhielt bekanntlich, als er aus dem Untersberge kam und von seinem Führer Abschied nahm, von diesem zwei Laib Brot als Wegzehrung. Lazarus jedoch aß auf dem Heimweg nichts davon, sondern bewahrte sie auf. Als er zu Hause angekommen war, wollte sein treues Weib aus Freude über die glückliche Rückkunft ihres Gatten ein gutes Mahl zurecht richten und die Nachbarn hierzu laden. Lazarus indes meinte, die Nachbarn könne sie schon laden, für das Mahl aber werde er sorgen. Ungläubig schüttelte seine Frau den Kopf, denn sie meinte, ihr Mann treibe Scherz. Dem war aber nicht so.

Als nun die Nachbarn beisammen waren, nahm Gitschner eines von den beiden Laibchen und teilte es in so viele Teile, als Gäste anwesend waren. Dann gab er jedem von ihnen ein Stück und kredenzte einen guten alten Apfelmost dazu. Alle aßen und waren voll des Lobes über den guten Geschmack des Brotes, und so wohl und angenehm war es allen im Magen, als hätten sie an der vornehmsten Tafel gespeist. Als die Gäste fort waren, bewahrte Lazarus das zweite Laibchen Brot im Schranke auf und sagte seinem Weibe, sie möge sparsam mit demselben umgehen, damit sie lange Zeit davon hätten.

Gitschner lebte wie zuvor pflichtgetreu gegen Gott und den Nächsten, namentlich den Armen war er ein treuer Helfer in der Not. Nahezu das ganze zweite Laibchen Brot hatte er schon an solche verteilt, da klopfte eines Tages eine Bettlerin an die Türe und flehte um Brot, da sie der Hunger so sehr quäle und überdies Krankheit sie unfähig gemacht habe, sich durch Arbeit ihren Unterhalt zu verdienen. Da sprach Lazarus zu seinem Weibe: „Nicht wahr, Frau, du gibst das letzte Stück der Bettlerin, sie ist krank und bedarf eines Kraftbrotes. Gott möge es segnen, dass sie und ihre Kinder daran genug haben und dass sie gesund werde." Gertrud gab mit Freuden das letzte Stückchen hin, wiewohl sie dasselbe für sich hatte aufbewahren wollen. Die kranke Bettlerin zog innig und dankend weiter. Sie aß von dem Brote und wurde gesund.

Tags darauf öffnete Lazarus den Schrank und war überaus erfreut, denn ein ganzes Laibchen Brot lag auf derselben Stelle, wo das frühere gelegen hatte. Er rief sein Weib herbei, und diese war nicht wenig erstaunt ob des Wunders, das hier geschehen. Beide kosteten ein Bröckchen: Es war dasselbe Brot, voll Würze und Schmackhaftigkeit. Da dankten sie Gott für seine Gnade und gelobten, von dem Brot guten Gebrauch zu machen. Und das taten sie auch; Hungernde und Arme, Kranke und Bresthafte (schwindsüchtig) wurden davon gespeist und geheilt. Dafür erneuerte sich der Segen immer wieder und erbte sich auch fort auf die Kinder der Gitschnerschen Eheleute. Als aber Johann, der Sohn des Lazarus, zum zweiten Male geheiratet und ein böses Weib ins Haus gebracht hatte, das hartherzig gegen die Armen war und diese herzlos und ohne Gabe vom Hause wies, da war eines Tages der Segen im Schranke verschwunden und das Wunderbrot hörte auf zu sein. (2)

Der Hirtenknabe – Kaiser Karl im Untersberg

E inst weidete ein armer Hirtenknabe seine Herde am Fuß des Untersberges. Frohgemut saß er auf einem bemoosten Stein und schnitzte an seinem Weidenpfeifchen, ab und zu einen wachsamen Blick auf die weidenden Lämmer und Ziegen werfend. Plötzlich stand wie aus dem Boden gewachsen ein zierliches Zwerglein vor ihm und fragte mit heller Stimme: „Heda, lieber Junge, willst du wohl den Kaiser Karl im Untersberg schauen?" Unerschrocken erwiderte der Knabe: „Das will ich wohl!" Er hatte sogleich erkannt, dass er einen der Untersberger Zwerge vor sich habe, die damals gar nicht so selten den Menschen über den Weg liefen. „So komm mit mir!" forderte ihn das Männlein auf und ging, dem Knaben winkend, voran. Dieser folgte ihm ohne Zaudern durch Gebüsch und über Felsgeröll, Schluchten aus und Schluchten ein, tief hinab gegen das Innere des Berges zu, bis sie endlich bei einer eisernen Tür anlangten, die fest verschlossen schien. Aber nirgends war daran ein Schloss oder ein Schlüssel zu sehen. Gespannt wartete der Hirtenjunge, was wohl jetzt geschehen werde und

E in Hirtenknabe beim schlafenden Kaiser im Berg.

Bild aus R. Freisauff, 1880

wie der Zwerg sich Eintritt verschaffen würde. Doch der machte nur eine Bewegung mit der Hand. Da gab es einen donnerähnlichen Krach, die Tür sprang
auf, und ehe der Hirte sich's recht versah, befand er sich im Innern einer großen,
prächtigen Halle, deren weitgeschweiftes, glitzerndes Gewölbe auf vielen hundert mächtigen Säulen ruhte. Die Wände der Halle glänzten von reinstem Silber,
und dazwischen strahlten hellleuchtende Karfunkelsteine. Ringsherum standen
Wächter, stumm und starr, wie aus Granit gehauen, und ebenso regungslos,
ehernen Bildsäulen gleich, lagerten Ritter und Landsknechte in der weiten Rundung des Raumes. In der Mitte des ungeheuren Saales aber sah er den greisen
Kaiser auf dem goldenen Stuhl sitzen, ein mächtiger Tisch stand vor ihm mit
schwerer marmorner Platte. Eine funkelnde Krone schmückte das Haupt des
Kaisers, seine Augen waren wie im Schlummer geschlossen. Ein silberweiß
glänzender Bart floss breit vom Antlitz des Herrschers herab und hatte sich
schon zweimal um den marmornen Tisch herumgeschlungen. Viele edle Herren,
Grafen, Fürsten und geistliche Würdenträger in glänzender Rüstung und kostbaren Gewändern saßen um ihn herum, die Häupter in die Hände gestützt,
aber auch sie stumm und ohne Bewegung und gleich ihrem Kaiser in schweren,
tiefen Schlaf versunken.

Staunend schaute der Knabe all die Pracht und Herrlichkeit, die sich hier
seinen Blicken bot, und in banger Ehrfurcht beugte er die Knie vor des Kaisers
Majestät. Da hob der Herrscher müde sein Haupt, seine Lider taten sich halb
auf, und ein traumverlorener, verschleierter Blick traf den erschaudernden Knaben. Langsam öffneten sich die Lippen unter dem schneeweißen Bartgewoge,
und eine ehrfurchtgebietende Stimme sagte: „Sprich! Fliegen wohl zur Stunde
die Raben noch um den Berg?" Und der Knabe erwiderte demütig: „Sie fliegen
immer noch umher!" Da senkte der Kaiser schmerzerfüllt sein Haupt, und mit
klagender Stimme sprach er: „So muss ich noch weiter schlafen hundert Jahr!"
Seine Augen schlossen sich wieder, er versank in den alten Schlummer, und
mit ihm erstarrten alle Ritter und Herren, die die Häupter erhoben hatten, als
ihr Kaiser erwacht war.

Der Zwerg aber winkte dem Knaben, dass er ihm folge, und führte ihn stillschweigend aus der Halle hinaus und den Weg zurück, den sie vorher genommen,
bis sie wieder bei der Herde anlangten, die ruhig auf ihren Hüter gewartet hatte.
Zuletzt übergab das Männlein dem Hirtenknaben ein reichliches Geschenk und
verschwand so plötzlich, wie es erschienen war.

Kaiser Friedrich I und der Hirtenknabe

Ein Hirte trieb einst bei hereinbrechendem Abend seine Herde am Fuße des Unterberges entlang heimwärts. Ein lustiges Stückchen nach dem anderen blies er auf seiner Schwegelpfeife, und eben hatte er wieder eines beendet, als er ausrief: „Kaiser Friedrich I, das habe ich dir zu Ehren getan!" - Kaum hatte er diese Worte gesprochen, kam ein Männlein aus dem Berge auf ihn zu und winkte ihm zu folgen. Der Hirte tat es. Nachdem sie eine gute Weile gegangen waren, gelangten sie zu einer eisernen Türe, welche in einen großen, prächtigen Saal führte. Viele tapfere und edle Herren waren da um Friedrich Barbarossa versammelt und dienten ihm. Der Hirte sah alles mit Staunen. Da fragte ihn der Kaiser: „Was soll der Lohn sein für dein Lied?" Und bescheiden antwortete jener: „Ich beanspruche keinen!" Auf dies hin brach Friedrich von einem goldenen Handfass einen Fuß ab und schenkte ihn dem Hirten. Auf einen Wink des Kaisers führte ihn hierauf ein Diener aus dem Saal durch den ganzen Palast, ihm all die Herrlichkeiten zeigend. Da sah er einen großen Vorrat von Waffen aller Art, mit denen, wie der Diener sagte, der Kaiser einst seine Mannen bewaffnen und kommen werde, um das Recht wiederherzustellen.

Hierauf verließ der Hirte den Untersberg und kehrte in sein Heimatdorf zurück. Den goldenen Fuß aber machte er zu Geld und wurde ein steinreicher Mann. Dabei vergaß er nie die Armen und teilte mit ihnen seinen Reichtum. Der Segen Gottes waltete auch über ihm und seinem Haus, und nichts fehlte ihnen.

Als er jedoch starb und all seine Habe in die Hände seiner Verwandten überging, welche, so plötzlich wohlhabend geworden, dem Hochmutsteufel anheim fielen, da schwand allmählich der mühelos erworbene Reichtum, und sie endeten schließlich als Bettler. (2)

Die vier Musikanten

Anno 1661 wanderten vier junge Musikanten von Tirol nach Oberösterreich. Ihr Weg führte sie auch am Untersberge vorüber, von dessen Sagen und Wundern sie schon so vieles gehört hatten. Als sie abends zur Brücke in Niederalm gelangt waren, fuhr´s dem einen durch den Kopf, und er sagte zu seinen Kameraden: „Wie wär´s, wenn wir heute um Mitternacht dem Rotbart ein Ständchen brächten, vielleicht können wir dabei unsere Säcke mit den Schätzen des Wunderberges füllen?" „Sprich doch nicht so gottlos, Paul!" rief erschrocken der Jüngste. Die beiden anderen aber erwiderten lachend: „Wir sind dabei, ganz recht! Lasst es uns einmal in der Unterwelt versuchen, weil es uns da heroben so miserabel geht. Aber auch Robert muss von der Partie sein, damit das Quartett vollständig ist." Robert, dem Jüngsten, half kein Sträuben, er wurde von seinen Genossen mit Gewalt den Untersberg hinangeführt.

Gerade als es zu Niederalm zwölf schlug, begann das Konzert. Sie hatten erst wenige Minuten gespielt, da erschien die Kaisertochter und lud die vier Musikanten ein, ihr zu folgen. Diese taten, wie ihnen geheißen, und folgten ihrer Führerin in den Berg. So gelangten sie in die Kaiserhalle. Daselbst saß der alte Kaiser in seiner gewohnten Weise, umgeben von einem ganzen Hofstaat kleiner, niedlicher, nur etwas altfränkisch gekleideter Herren. Die Prinzessin winkte den erstaunten Musikern, und diese begannen ihr Spiel.

Der Kaiser nickte Beifall, als sie geendet hatten, und mit ihm all die edlen Herren. Auf ein gegebenes Zeichen eilten kleine, lustige Pagen herbei, beladen mit goldenen Schüsseln und Bechern, und reichten den Musikanten Speise und Trank in Hülle und Fülle. Während des Schmauses, der ihnen gar sehr mundete, warfen sie wohl auch ihre Blicke im Saale umher und gewahrten große Schätze von Gold und Silber. Als sie ihre Mahlzeit beendet hatten, hieß es wieder: „Spielt, Musikanten!" Wieder erklangen die Instrumente, und abermals nickte der Kaiser und sein gesamter Hofstaat Beifall. Nach einer geraumen Zeit wurden die vier Musiker endlich huldvollst entlassen und konnten es kaum erwarten, bis sie ihren Lohn, der, wie sie hofften, doch sehr groß ausfallen müsse, erhielten. Allein, wie sehr wurden sie enttäuscht! Als am Ausgang aus dem Berge ihr kleiner Führer von ihnen schied, überreichte er jedem von ihnen einen grünen Zweig und verschwand blitzschnell vor ihren Augen.

Das verdross sie sehr, nur Robert nicht. Der hielt, noch entzückt über das Gesehene, den Zweig wohl in Ehren, die übrigen drei aber warfen mürrisch die unscheinbare Gabe von sich und schimpften weidlich über den Geiz des Kaisers und seiner Tochter.

So zogen sie verdrossen ihrer Heimat zu. Zu Hause angekommen, übergab Robert seiner jungen Frau den Zweig und erzählte ihr, was er und seine Genossen Wunderbares erlebt hatten.

Noch während er das erzählte, wurde der Zweig in der Hand der jungen Frau schwerer und schwerer, und als er geendet hatte, vermochte sie denselben kaum mehr in der Hand zu halten, so sehr hatte er an Gewicht zugenommen. Erstaunt untersuchten nun beide den Zweig näher, und siehe da: Das Geäst hatte sich in pures Silber, die Blätter in Gold verwandelt. Das war ein Jubel ohne Ende.

Als aber Roberts Kameraden davon erfuhren, ärgerten sie sich sehr, wagten sich aber doch nicht mehr nach dem Untersberge zurück, wohl fühlend, dass sie ohnehin für ihren Vorwitz nur gelinde gestraft seien. Robert führte fortan ein zufriedenes und glückliches Leben, nach dem er sich schon so oft gesehnt hatte. Er ging nicht mehr auf Reisen, und als seine Söhne heranwuchsen, schärfte er ihnen den Spruch wohl ein: „Wer das Kleine nicht ehrt, ist des Großen nicht wert." (2)

Die Musikanten bekommen vom Zwerg einen grünen Zweig.

Bild aus R. Freisauff, 1880

Das entrückte Brautpaar

Einst zog ein reiches Brautpaar samt kleinem Gefolge aus einem Dorfe in ein anderes naheliegendes, um dort bei den Eltern der Braut das Hochzeitsfest zu feiern. Lustig und fröhlich, unter Begleitung einiger Musiker, zogen sie die Straße entlang und kamen zum Untersberg. Nachdem sie hier angelangt waren, fing einer aus der Gesellschaft an zu erzählen, dass in dieser Gegend ein Kaiser mit einem bedeutenden Heere verschwunden sei und dass seit jener Zeit hier Geister erscheinen, welche die in dieser Gegend Wandernden beschenken. Sogleich fing der Bräutigam an, den Geist zu rufen und zu bitten, er möge sie mit etwas beschenken. Auf einmal öffnete sich der Berg, und ein in grau gekleideter, kleiner Mann mit silberweißen Haaren erschien, der ihnen eine Türe in das Innere zeigte. Die ganze Gesellschaft folgte ihm nach, und sie kamen in eine Reihe schöner Zimmer, in deren einem eine Tafel gedeckt war und Speisen und Getränke aufgetragen standen. Die ermüdeten Brautleute und ihr Gefolge setzten sich zu Tische und ließen es sich schmecken. Nach dem Mahle bedurften aber alle des Schlafes, weil sie etwas zu viel getrunken hatten. Beim Tische sitzend entschlummerten alle ruhig. Als sie erwachten, führte sie der Berggeist hinaus. Bei Tage kamen sie an die Erdoberfläche, alles hatte sich während dieser Zeit ganz verändert. Die in dieser Gegend Wohnenden verstanden ihre Sprache nicht, überhaupt schien es ihnen, als seien sie in einem ganz fremden Lande. Nach mehreren Tagen kamen sie in ein Dorf. Sie fragten, wie es heiße, und sie erhielten den Namen ihres Heimatortes zur Antwort. Aber auch hier schienen sie nicht zu Hause zu sein. Sie suchten ihre Wohnhäuser und fanden sie nicht; denn an deren Stelle standen ganz andere, neugebaute Häuser. Sie begaben sich zum Pfarrer und erzählten ihm alles, was geschehen war. Dieser schlug seine Bücher auf und fand wirklich, dass vor hundert Jahren ein junges Brautpaar nebst einigen Menschen im Untersberge verschwunden sei.

Hundert Jahre also hatte die Hochzeitsgesellschaft im Untersberg geschlafen. Der Pfarrer ermahnte nun alle, sich mit Gott, den sie in ihrem Übermute schwer beleidigt hatten, wieder auszusöhnen. Das taten sie denn auch und entschliefen alsbald für immer. (4)

Der Fuhrmann und das Bermännchen

Im Jahr 1694 wollte ein Fuhrmann mit einem Wagen, der mit Wein befrachtet war, vonTirol nach Hallein fahren.

In St. Leonhard, einem Dorf nahe des Wunderberges, kam ein Bergmännlein aus dem Berge hervor und fragte den Fuhrmann: „Woher kommst du und was fährst du?" Der Fuhrmann sagte: „Wein." Da sprach das Männlein: „Fahre mit mir! Ich gebe dir gute Münz dafür, und zwar mehr, als du in Hallein bekommen wirst." Der Fuhrmann weigerte sich, weil der Wein bestellt sei. Darüber war das Bergmännlein erzürnt, fiel auf die Mähnen der Pferde und rief: „Fuhrmann, weil du nicht mitfahren willst, will ich dich so führen, dass du gar nicht mehr weißt, wo du bist, und dich nicht mehr auskennst.

Dem Fuhrmann wurde mächtig bange, er sah, dass er in der Gewalt des Unterirdischen war, und gehorchte nun dem Bergmännlein, das mit eigener Hand den Zaum der Pferde ergriff und das Geschirr immer näher zu dem

Untersberge hinlenkte. Dem Fuhrmann schien es, als gehe es auf einer kunst-
gerecht gemachten, ganz unfahrbaren Straße fort. Er setzte sich mit auf den Wagen, und es überfiel ihn der Schlaf.

Er erwachte in der Nähe eines herrlichen Schlosses, erbaut aus rotem und
weißem Marmor, wie man ihn am Untersberge bricht, mit hohem Turm und
kristallenen Fenstern, von dreißig Klafter hohen und zehn Klafter dicken Mauern
und einem tiefen Graben umgeben. Zu diesem Schloss konnte man nur über
sieben Zugbrücken gelangen, da es auf einem hohen, glatten, isolierten Felsen
stand. Bald waren auch die Bewohner des Schlosses zu sehen, lauter kleine
Bergmännlein, die sich sehr erfreut zeigten. Unter ihnen der Kellermeister, mit
vielen Schlüsseln und großen Taschen versehen. Sein Bart hing bis über den
Bauch und das Haar bis über des Leibes Mitte.

„Willkommen, mein lieber Fuhrmann!" sprach der Kellermeister zu diesem,
der vor Furcht und Bangigkeit an allen Gliedern zitterte. In der Mitte des Hofes
spannten etliche eilends die Pferde aus und führten sie in den Stall zum Füttern,
andere brachten den Fuhrmann in ein lichtes Gemach, wo sie ihm Speise und
Trank vorsetzten, alles in feinen und blanken zinnernen Geschirren. Doch konnte
der Fuhrmann nicht heiter und sorglos sein, denn er wusste nicht, wohin sich
alles wenden und welchen Ausgang dies wundersame Abenteuer nehmen werde. Als er gegessen und getrunken hatte, geboten ihm die Männlein, ihnen zu
folgen, und da er sich keinen Widerspruch zu erlauben wagte, so ging er mit
ihnen. Eine Treppenstiege von fünfundzwanzig messingnen Staffeln führte sie
in einen hohen prachtvollen Saal mit zwanzig Schuh hohen und sieben Schuh
breiten, doch unverglasten Fenstern. Dem folgte ein noch herrlicherer Saal als
der erste. Der Boden war von glänzendpoliertem Marmor und die Wände von
klarem Gold, die Fenster waren aus reinem Kristall. Der Plafond war goldgetäfelt,
und in der Mitte des Saales standen vier kolossale Riesen, achtzehn Schuh hoch,
fein von Metall gegossen, mit goldenen Ketten an den Armen, als ob sie Gefangene
darstellten. Oben an der Decke aber sah man das Bild eines Bergmännleins mit
einer goldnen Krone, das in seinen Händen die Armketten der Riesen hielt.
Das Bergmännlein fragte: „Fuhrmann! Verstehst du, was die vier Riesen samt
dem Bergmännlein mit der Krone für die künftigen Zeiten bedeuten?" Der
Fuhrmann antwortete: „Ich verstehe es nicht!" Und das Bergmännlein sprach
weiter kein Wort.

Ringsum im Saale standen und hingen schöne, mit Gold, Elfenbein und Perl-
mutter geschmückte Rüstungen, Waffen und Geschosse von alter Art, mannigfach
verziert, auch gold- und edelsteinverzierte Tische. Dann ging es in einen dritten,
noch prächtigern Saal, in dem ein überaus schönes Bettgestell stand, mit dem
glänzendsten, feinsten Gold überzogen. Oben an den vier Eckpfosten waren vier
Knöpfe aus einem dem Fuhrmann unbekannten Stoff, daran hingen goldene Ketten.

Aus diesem Saale wurde der Fuhrmann in ein düsteres, doch reinliches Gewölbe geführt, in dem sich ein Loch befand, das einen halben Schuh weit war, durch das er hinabschauen durfte. Da sah er in seltsamer Dämmerung über fünfzig kleine Mädchen, teils nackt, teils bekleidet, doch ließen sie ihn nicht lange hinunterschauen, sondern zogen ihn zurück und führten ihn in einen wohlgebauten Keller, dessen Ende nicht abzusehen, der jedoch ganz mit Weinfässern angefüllt war. Dann kamen sie in ein hohes Gewölbe, in dem eine große, runde Tafel stand. Dort zahlte ein Bergmännlein dem Fuhrmann für seinen zugeführten Wein hundertundachtzig Dutzend Dukaten, bedankte sich höflich und sprach: „Hebe dieses Geld wohl auf, und gib es nur aus zum Ankauf des Weins, du kannst damit zeitlebens Handel treiben, und dein Geschäft wird glücklich sein."

Danach wurden des Fuhrmanns Pferde wieder eingespannt, und weil eines davon blind war, nahmen die Männlein einen Stein, der blau und rot schimmerte, und machten damit das blinde Pferd sehend. Sie gaben dem Fuhrmann den Stein zum Andenken, damit er die blinden Pferde armer Bauersleute auch wieder sehend machen sollte.

Die Bergmännlein verloren sich in ihr Schloss, der Fuhrmann aber fuhr heraus, und nur drei andere, die er vorher nicht gesehen hatte, begleiteten ihn. Diese trugen schwarze Kleider, grüne Samtkaskets und rote Federn darauf. Sie sagten zum Fuhrmann: „Du hast wohlgetan, deinen Wein hierher zu führen und zu verkaufen."

E in Weinfuhr-
mann wird von
einem Zwerg in den
Untersberg befohlen.

Bild aus R. Freisauff,
1880

Sie begleiteten den Fuhrmann, der voller Erstaunen und Verwunderung war, eine ziemliche Strecke Wegs und sagten ihm zuletzt: „Wenn man anfangen wird, weiße und rote Hütchen zu tragen, wird die Not allerorten ihren Anfang nehmen und der Segen Gottes wendet sich von den Menschen ab."

Der Fuhrmann fuhr ganz befangen von dannen, wusste nicht wie, noch wo er herauskam, dann plötzlich befand er sich an dem Orte, wo ihm zuvor das Bergmännlein begegnete.

Und auch später wurden ihm die hundertachtzig Dutzend Dukaten weder mehr noch weniger, und er behielt die geschauten Geheimnisse auf Befehl der Bergmännlein fast bis zu seinem Tod bei sich und führte einen nachdenklichen und gottesfürchtigen Lebenswandel. (7)

Der in den Untersberg entrückte Jäger

Es hat sich im Jahre 1738 zugetragen, dass der Jäger, welcher dazumal am Wunderberge seinen Forst hatte, seinem leiblichen Bruder, Michael Holzögger, befahl, einmal statt ihm zur Ausforschung von Wilddieben oder Waldfrevlern den Forst zu begehen. Dieser tat auch, wie ihm befohlen war, ging zum Berge und kam nicht wieder. Dem Bruder ward bange um ihn, er suchte ihn viele Tage lang mit anderen Genossen in den Waldrevieren und Felsklüften des schaurig-schönen Untersberges, aber sie fanden ihn weder tot noch lebendig.

Als nun an die vier Wochen vergangen waren, war der Jäger der festen Überzeugung, dass dem Michael etwas passiert sein musste. Oft schon hatten sich Menschen in diesem Berg verstiegen, waren vom Felsen gefallen, konnten den Rückweg nicht finden oder waren in der tiefen Wildnis umgekommen. So beschloss er, für den Verlorenen in der Gmainer Wallfahrtskirche einen Gottesdienst halten zu lassen.

Dieses geschah, doch welches Wunder! Eben als man für den Totgeglaubten die Seelenmesse las, trat er in die Kirche, lebend, gesund, unverletzt und in seiner schmucken Bergschützentracht, wie man sie an ihm stets gewohnt war. Er trat ein und wollte Gott für seine Rückkehr danken, denn er war gleicherweise wie Lazarus Aizner oder Gitschner in den Untersberg entrückt gewesen. Er vernahm alsbald, dass der Gottesdienst ihn angehe, und alle Andächtigen ergriff ein freudiges Erstaunen. Jedermann drängte sich zu ihm und wollte hören, wie es ihm ergangen sei und was er ihnen wohl von den wunderbaren Eigenschaften des Bergesinnern erzählen werde. Aber der sonst lebensfrohe und mitteilsame Jäger war ganz in sich verschlossen und nachdenklich, niemand konnte mehr aus ihm herausbringen, als dass es Enkeln und Nachenkeln einst offenbar werden würde.

Die Sage von dem Wunderbaren, was sich mit Michael Holzögger begeben, und dass er in den Untersberg entrückt worden war, kam auch zu den Ohren des damals regierenden Erzbischofs von Salzburg, Firmian, welcher den Jäger rufen ließ, um von ihm das Wahre über diesen Wunderberg einzuholen. Dieser aber gab dem gnädigsten Bischof zur Antwort, er dürfe nicht reden, außer wenn ihm die gnädigste Erlaubnis erteilt würde, dem Bischof selbst beichten zu dürfen. Dieses Ansuchen wurde ihm ohne Bedenken bewilligt, und nach abgelegter Beichte von Seiten des Jägers wurde auch der Bischof sehr nachdenklich und tiefsinnig. (7)

Der Untersberger

In der Nähe des Untersberges, gegen Bayern zu, liegt ein schönes Bauerngut, von dem aus man weit ins Land hineinsieht. Gegen Ende des vorigen Jahrhunderts lebte dort in Frieden und Eintracht ein fleißiges junges Ehepaar, das sich seines Daseins in Ehren freute und von Gott auch sichtbar gesegnet war, denn reiche Ernte trugen Wiesen und Felder unter seinen Händen.

Doch nicht immer sollte es so bleiben. Treuhart, so der Name des Bauern, traf eines Tages mit Wildschützen zusammen, die ihn überredeten, mit ihnen dem Waidwerke zu frönen. Von der Stunde an wurde ihm die Jagd zur Leidenschaft und ein böser Geist zog ein in das bisher so glückliche und friedliche Gehöft. Treuhart vernachlässigte die Arbeit, das früher so blühende Anwesen verfiel bald sichtbar, der Reichtum schwand dahin wie Rauch und mit ihm das Glück der Bäuerin, denn ihr Mann war ein wüster Geselle geworden, der den Namen Gottes nicht mehr über seine Lippen brachte und entsetzlich fluchte wie nie zuvor. Eines Tages, bei einbrechender Nacht, erscholl wieder der Lockruf von Treuharts Jagdgenossen. Kaum hatte er ihn vernommen, griff er auch schon nach der Büchse und eilte in den Wald hinaus, trotz der Bitten seiner Frau, die ihn um alles beschwor, heute daheim zu bleiben.

Bald war er bei den Jagdgenossen angelangt, bemerkte aber zu seinem Erstaunen, dass er sich unter ihm völlig Unbekannten befand. Schon im nächsten Augenblick erschollen die Jagdhörner, und fort ging´s durch dick und dünn.

Tag um Tag, Woche um Woche verfloss, Treuhart kehrte nicht wieder. Mehr als ein Monat war seit seinem Verschwinden schon verflossen, da kam an einem Herbsttag ein Fremder auf den Hof und fragte nach dem Bauern. Die tiefbekümmerte Frau erzählte ihm mit Tränen in den Augen, was geschehen war. Der Fremde tröstete sie und sprach: „Sei guten Mutes! Dein Mann wird wohl wiederkehren; vielleicht hält ihn nur der Untersberger zurück. Ich will dir indessen einen Knecht schicken, der dir das Hauswesen besorgen hilft."

Die Arme wußte nicht, was sie bei diesen Worten denken sollte. Als indes der Fremde fort war, fühlte sie sich so eigentümlich wohl: Ein Schimmer von Hoffnung, ihren Mann wiederzusehen, war in ihre Brust eingekehrt. Wenige Tage darauf kam der verheißene Knecht und übernahm sofort die Leitung der ganzen Wirtschaft. Im nächsten Frühjahr standen Felder und Wiesen im herrlichsten Schmuck, wie von Gottes Segen überschüttet. Der Herbst füllte Scheunen und Haus wie nie zuvor.

Ein Jahr war seit dem Verschwinden Treuharts verflossen, da trat der Oberknecht vor die Bäuerin hin und meldete der nicht wenig Erstaunten, seine Zeit sei um, und er müsse zurück in seine Heimat. Sie bedürfe seiner Hilfe ohnedies nicht mehr, denn der Herr des Hofes, ihr Gatte, sei bereits auf dem Heimwege. Dies sei ihm heute Nacht von jemandem gemeldet worden.

Und so war es auch. Gegen Abend kam Treuhart auf den Hof zugeschritten. „Er ist es!", rief sein treues Weib, stürzte ihm entgegen und hing an seinem Halse.

Am andern Tage stand er frühzeitig auf, durchschritt mit spähendem Blick das ganze Haus und den Stall. Er ordnete alles an, wie er es sonst getan. Es war, als hätte er das Haus nicht einen Tag verlassen und wäre nicht mit seinen wilden Jagdgenossen hinausgezogen. Niemals hat man indes von ihm erfahren, wo er jenes Jahr über gewesen. Einem Gerücht zufolge war er in der Lehre und Buße bei dem „Untersberger". (2)

Der goldene Kegel

Am Fuße des Untersberges weidete einmal ein Hirte seine Ziegen und dachte über seine unglückliche Lage nach. Vater und Mutter waren ihm schon längst gestorben, so stand er ganz allein auf der Welt und fristete sein Leben nur kärglich. Ganz unvermutet trat eines Tages ein kleines Männchen vor ihn hin und fragte ihn mit gar feiner Stimme: „Wenn Du ein paar Stunden Herren zu Diensten sein willst, so soll es Dein Schaden nicht sein, willst Du?" „Warum nicht!", entgegnete keck der Hirte. „Nun, so folge mir!" Das Zwerglein reichte ihm die Hand und führte ihn durch eine Türe tief in das Innere des Berges, bis sie zu einem Kreuzgang gelangten. Zwölf ernst aussehende Ritter mit langen Bärten und reichen Gewändern vergnügten sich dort am Kegelspiel. Der Zwerg erklärte nun dem Hirten, dass hier sein Dienst beginne, und hieß ihn die Kegel aufsetzen. Nicht ohne Bangen übernahm er dies Amt und führte es zur Zufriedenheit der Spieler aus. Als die Ritter endlich das Spiel, das ziemlich lange währte, beendet hatten und den Hirten entlassen wollten, erbat sich dieser von den edlen Herren zum Zeichen, dass er wirklich im Berge gewesen, einen Kegel.

„Gut, es sei!", riefen einstimmig die Ritter, und der Erste von ihnen nahm den König aus der Mitte des Kegelspiels und gab ihn dem Hirten. Kaum jedoch hatte dieser ihn in die Hand genommen, so verspürte er mehr und mehr, dass der Kegel in seiner Hand schwerer und schwerer wurde. Durch die schwere Last sank er ermüdet zusammen und fiel bald in sanften Schlummer. In seinem Schoß lag ein Klumpen Gold, der in Form und Gestalt einem Kegel glich. Mühsam schleppte er sich mit seinem Schatz nach Hause in sein heimatliches Dorf, war indes nicht wenig erstaunt, vieles ganz und gar verändert zu sehen. Ihn selbst kannte kein Mensch mehr, er aber erkannte seine Freunde und Bekannten. Zu seinem Schrecken bemerkte er erst jetzt, dass ihm ein großer Bart gewachsen war. Er eilte sofort zum Pfarrer und teilte ihm seine Erlebnisse mit. Aus dessen Mund erfuhr er dann auch, dass er seit fünf Jahren als verschollen gelte und kein Mensch erfahren habe können, was aus ihm geworden sei und wohin er gekommen. Der Hirte wollte den Worten des Pfarrers kaum glauben, wurde aber schließlich dennoch von der Wahrheit überzeugt. Wie ein Lauffeuer verbreitete sich im Dorfe die Kunde von seiner Rückkehr und alle kamen sie herbei, ihn zu bestaunen und aus seinem Munde die wundersamen Erlebnisse zu vernehmen. Er aber machte seinen Schatz zu Gelde und führte fortan ein braves und Gott wohlgefälliges Leben, tat viel Gutes und starb hoch bejahrt, von allen aufrichtig bedauert. (1)

E in Hirtenknabe bekommt einen goldenen Kegel.

Bild aus R. Freisauff, 1880

Der Fürstensohn im Untersberg

Die Sage erzählt, dass ein Fürstensohn gegen Abend hinaufging zum Fuß des Untersberges. Und als sich mit der Nacht das Schlachtgetümmel erhob, trat dem Weiterschreitenden ein graubärtiger Herold entgegen und winkte ihm zu folgen und führte ihn in die Tiefe des Wunderberges, immer tiefer, bis es sargeseng wurde. Da griff der greise Führer in die Felsen, und es öffnete sich ein weiter Thronsaal mit herrlichen Säulen in hellem Glanze und in ihm standen zehntausend Ritter und hunderttausend Lanzenknechte zum Kampfe gerüstet. An einem runden Tische aus Marmorstein inmitten des Saales saß der Kaiser im Reichsschmuck mit lichtweißem Barte, der, mit Perlen durchflochten, um den Tisch in langen Silberwogen wallte, umgeben von den sieben Kurfürsten des Reichs.

Da trat des Kaisers Tochter lebenswarm in die versteinerte Welt, ging zu dem Tische und maß des kaiserlichen Vaters langen Bart. Dieser aber reichte erst zweimal um den Tisch, und der dritte Gang fehlte. Da erstarrte auch sie vor Schmerz, und mit dem Mitternachtsschlage war alles erloschen und versunken. Der Herold aber sprach zu dem Fürstensohne, der des Kaisers Tochter hätte umarmen wollen:

Ein Fürstensohn beim schlafenden Kaiser im Untersberg.

Bild aus R. Freisauff, 1880

„Und Alle, die da unten hausend
Mit ihm und ihr du hast geschaut,
Sind ein versteinertes Jahrtausend,
Das täglich auf ins Leben schaut,
Um täglich wieder zu erstarren;
Und so muss Kaiser, Kind und Herr
So lange der Erlösung harren,
Bis um die Tafelrunde her
Des Kaiserbartes Silberwogen
Die Tochter dreimal hat gezogen.

Und wenn der Bart so groß geworden,
Ach, ist das große Volk so klein!
Und selber wird es sich ermorden,
Und Treu und Glauben nicht mehr sein.
Dann kommt ein Fürst aus deinem Stamme
Zum Berg und seinem Schauerraum,
Und hängt des Volkes Oriflamme (Goldflamme),
Sein Schild an jenen morschen Baum,
Und wird er wieder Blüten tragen,
Dann wird die Rettungsschlacht geschlagen.

Da bricht aus unterird´schem Saale
Das Heer hervor aufs Walserfeld
Und kämpft und siegt. Zum zweiten Male
Erschafft das große Volk der Held.
Dann wird er Reich und Tochter geben,
Des Rüstung diese Perlen da
Die Tränen dieser Nacht umweben,
Die Tochter heißt: Teutonia.

Der Prinz? Wer kann Antwort verlangen?
Wer kann sagen, wo er hingegangen!" (7)

Die Prophezeiungen

E s wird nach und nach alles Volk durch verschiedene herbeigekommene Übel und Landesplagen so bedrängt werden, dass einer dem anderen in nichts mehr wird helfen können. Und da man 1800 wird schreiben, wird die deutsche Treue und Redlichkeit beinahe vollends begraben sein. Der Vater wird zum Sohn und der Sohn zum Vater kein Vertrauen mehr haben, und so wird ein Freund den anderen betrügen, übervorteilen und um seine Sache zu bringen wissen. Es wird auch um die selbe Zeit große Not an Geld sein, und doch werden die Leute nicht genug ausstudieren können, wie sie sich vornehm, üppig und prächtig genug kleiden sollen. Da man anfangen wird, schwarze und grüne Hütchen mit aufwärts gebogenen Krempen zu tragen, wird die Magd ihre Frau an Putz weit übertreffen, und jeder wird trachten, mehr scheinen zu wollen, als er ist. Der gemeine Mann wird sich mit seinem Nachbarn vereinigen, selbst aus ihrem eigenen Kupfergeschirr Geld zu prägen. Auch wird die Teuerung in allen nur erdenklichen Bedürftigkeiten einen schrecklichen Grad erreichen, und man wird nicht mehr wissen, wie man alles Notwendige auf ehrliche Manier erwerben und herbeischaffen kann. Uneinigkeit und Misstrauen werden auch die großen Herren in der Welt beherrschen. Sie werden einander selbst mit List und Falschheit begegnen und daher wegen beständiger Kriege und Zwistigkeiten immer mehr bedrücken und missmutig machen müssen.

Daraus kann man entnehmen, was für schreckliche Verwirrung entstehen und was für Drangsale über die Länder kommen werden. (2)

E in furchtbarer Krieg wird so schnell und unvermutet losbrechen, dass der Bauer vom Acker weg mit der Pflugschar und die Bäuerin vom Herde weg mit dem Küchenspitz ins Gefecht stürzen werden. Dieses dauert jedoch nicht lange, der Bauer wird zurückkehren und seine Zugtiere vorwärts treiben und die Bäuerin die noch unfertigen Küchlein aus dem brodelnden Schmalze zum Mittagsmahle fertig backen. (1)

A m Ende der Zeit kommt Luzifer von seinen Ketten los und reißt die ganze Welt mit sich in Wut fort. (1)

E s werden so viele Mannsleute bei dieser Schlacht draufgehen, dass die Weibsleute um einen Stuhl raufen, worauf jemals ein Mann gesessen. (1)

Der Blick in die Zukunft

Um Mitternacht begab sich einmal ein Salzburger Zimmermann von einer Hochzeit in Hallein nach Hause. Als er in die Nähe von Niederalm kam, sah er die dortige Kirche hell erleuchtet und vernahm Orgelton und Gesang, als ob ein festtäglicher Gottesdienst abgehalten würde. Der Zimmermann dachte: „Da muss unsereiner doch auch wissen, was geschieht!" und ging schnurgerade auf die Kirchentür los. Diese war offen, so dass er ungehindert eintreten konnte. Drinnen wurde ein feierliches Amt gehalten, der Geistliche sang gerade das „Ite, missa est!". Als sich der verspätete Hochzeitsgast aber die Leute anschaute, wurde ihm doch etwas sonderbar zumute, es waren lauter kleine Männlein, jedes einen bloßen glitzernden Säbel in der Hand. Und gerade neben ihm stand ein Zimmermann, die schön geschliffene Axt über der Schulter. Dieser trat jetzt heran und sagte zum Salzburger: „Ist recht, dass du kommst! Ich bin der einzige Zimmermann der ganzen Armee und müsste sonst auch beim Einzug allein gehen. Da hast du eine Axt, wir wollen zwei Mann hoch einmarschieren!" Nun ging es fast im Sturmschritt dem Untersberg zu. Sie kamen an eine hohe Felswand, in der ein großes gewölbtes Tor geöffnet wurde. Da gingen sie hinein. Während sie durch eine weite Halle schritten, kamen zwei Männlein mit langen eisgrauen Bärten auf den Zimmermann zu und führten ihn vom Zuge hinweg in eine geräumige Höhle, die ziemlich hell war, obgleich nirgends ein Licht brannte.

Sie gaben ihm Buch und Feder in die Hand und sprachen: „Auf diesen Pergamentblättern wird alles, was im Laufe der Zeiten sich ereignen wird, aufgezeichnet. Schau das Buch an, die Hälfte ist bereits angefüllt! Es sind bald tausend Jahr, seit die erste Zeile eingezeichnet worden ist. Vieles von dem, was da schwarz auf weiß steht, ist schon in Erfüllung gegangen, vieles steht noch bevor. Einschreiben aber kann nur einer, der zu guter Stunde von außen zu uns hereinkommt. Also schreibe, so gut du kannst, Folgendes: „Darauf wird ein schrecklicher Krieg ausbrechen, so schnell und unerwartet, dass der Bauer vom Acker mit der Pflugschar und die Bäuerin vom Herd weg mit dem Küchelspitz ins Gefecht stürzen. Das dauert jedoch nicht lange. Dann kehrt der Bauer zurück, seine Zugtiere vorwärts zu treiben, und die Bäuerin, um alle ihre Küchlein zum Mittagessen zu backen. Wer während dieses Krieges auf die Flucht geht, der braucht nicht mehr als einen einzigen Brotlaib mitzunehmen. Dies begibt sich im Jahre ......" Aber da hörte der Zimmermann laute Trompetenstöße aus der Ferne, und die beiden Männlein eilten hinweg.

Der Zimmermann steckte das Buch in die Tasche und machte sich aus dem Staube. Als er einige Schritte vorwärts getan hatte, erblickte er einen Streifen blauen Himmels, und bald stand er an der Öffnung, vor sich die grüne Gegend im Morgensonnenschein. Er griff auf dem Heimweg nach seinem Buch, aber da zog er eine Handvoll Spinnengewebe heraus. (1)

Die Endzeit

D as Herannahen der schlimmen Zeit, nämlich des Weltunterganges, erkennt man an der Tracht der Menschen und ihren Werken. Sobald die Leute anfangen, rote Hüte zu tragen und in der Luft mit Eisen zu bauen, wird die Treue unter den Menschen verschwinden. Wenn sich die Männer wie der Krauthahn, so heißt der gefleckte Salamander, der auch noch Moltwurm genannt wird, also in grelle Farben kleiden, und die Frauen wie Schmetterlinge daherkommen, dann naht die Zeit der Unruhe, des Streites und der Verwirrung unter den Menschen.

Die Zeiten, sagen andere, werden immer schlimmer, bis die Welt zugrunde geht. Wann das aber stattfindet, weiß niemand. Nur an gewissen Zeichen ist es erkennbar, ob dieser Tag bald kommen wird. Der Untergang der Welt ist dann nahe, wenn die Leute Straßen aus Eisen machen, wenn sie Weg und Steg mit Eisen belegen und damit doch nicht zurecht kommen. Ein fürchterlicher Krieg wird dann ausbrechen, wobei Österreich in große Not und Gefahr geraten wird. Das geschieht aber erst, wenn der Wunderbaum auf der Walser Heide dreimal grün und dreimal dürr geworden ist. Wenn aber die Gefahr für Österreich am größten ist, dann öffnet sich der Wunderberg bei Salzburg, und Karl der Große kommt mit seiner ganzen Macht daraus hervor und verhilft ihnen zum Siege. (6)

Die Endschlacht auf dem Walserfeld

E s wird eine Zeit anbrechen, in welcher es zwischen den Menschen wegen des Glaubens zu großem Hader und Zwist kommen wird. Auf dem Walserfelde nahe dem Untersberg wird eine Schlacht geschlagen werden, in der es schrecklich hergehen und kein Erbarmen sein wird auf beiden Seiten der Streitenden. Brüderliche Liebe wird keiner mehr kennen, weshalb das Schwert entscheiden und Unglauben und Irrtum ausrotten wird. (2)

U nter den Völkern wird einst große Uneinigkeit entstehen. Die Herren werden sich gegenseitig bekämpfen und ein Blutbad unter ihren Völkern anrichten, wie es nie gesehen wurde. Der Bauer wird aus seiner Pflugschar Waffen schmieden und gegen seine Brüder zu Felde ziehen, der Fuhrmann wird von seinem Wagen weg mit seiner Peitsche in den Kampf gehen, der Pflugheber mit seiner Reitel (Drehstange), die Weiber mit Hacken und Gabeln, die Handwerker mit ihrem Werkzeug, der friedliche Künstler mit dem Schwerte, der Holzknecht mit seiner Hacke in die Schlacht rennen und morden ohne Erbarmen. (2)

Wenn Unglaube und selbstsüchtige Gewalt den Höhepunkt erreichen, dann werden die Völker sich wie im Wirbelwinde aneinander drängen, um auf der weiten Ebene von Wals eine Völkerschlacht zu schlagen. Kaiser Friedrich wird mit seinen Getreuen aus dem Untersberge hervorbrechen und der guten Sache zum Siege verhelfen. (2)

Ausschnitt aus die Schlacht am Untersberg von Gerald M. Baumgartner, 1997

Der Walser Birnbaum

Bei Salzburg, auf dem sogenannten Walserfeld, wird einmal eine schreckliche Schlacht geschehen, wo alles hinzulaufen und ein so furchtbares Blutbad sein wird, dass den Streitenden das Blut vom Fußboden in die Schuh rinnt. Da werden die bösen von den guten Menschen erschlagen werden. Auf diesem Walserfeld steht ein ausgedorrter Birnbaum zum Andenken an diese letzte Schlacht. Schon dreimal wurde er umgehauen, aber seine Wurzel schlug immer wieder aus, sodass er wiederum anfing zu grünen und ein vollkommener Baum wurde. Viele Jahre bleibt er noch dürr stehen.Wenn er aber zu grünen beginnt und Früchte trägt, wird die unheimliche Schlacht bald eintreten. Dann wird der Bayernfürst seinen Wappenschild daran aufhängen und niemand wird wissen, was es zu bedeuten hat.

Der „neunte" Birnbaum auf dem Walserfeld.

Foto: C. Uhlir

Der Birnbaum auf dem Walserfeld bei Salzburg

Auf dem Walserfeld bei Salzburg steht ein uralter Birnbaum, ganz dürr und abgestorben seit langer Zeit. Er ist schon öfters ganz umgehauen worden, aber durch die Kraft des Allmächtigen wurde die Wurzel behütet und trieb wieder aus, so dass der Baum emporwuchs. Einer alten Weissagung zufolge wird er einst zu blühen beginnen und Früchte tragen. Wenn sich dies ereignet, wird der verzauberte Kaiser mit all seinen Wappen aus dem Schoße des Untersberges hervortreten, und es wird eine große und schreckliche Schlacht des Glaubens halber geschlagen werden. Dies geschieht aus göttlichem Verhängnis, weil kein Mensch mehr dem andern brüderliche Liebe zeigen will. Wenn der Baum zu grünen beginnt, wird diese Zeit der Not nahe sein, wenn er aber anfangen wird Früchte zu tragen, wird die Schlacht anheben, und der Fürst des Bayernlandes wird seinen Schild an den Birnbaum hängen. Auf dem Felde wird den Streitern das Blut bis an die Knöchel und in die Schuhe rinnen, und die Vornehmen werden wünschen, insgesamt auf einem Sattel davon reiten zu können. Nur die guten Menschen werden von den Riesen des Untersberges geschützt und gerettet. Die Bösen aber werden alle erschlagen. So schrecklich soll die Schlacht sein, dass sie alles Volk zerstören wird.

Nach einer anderen Legende sollen schon die Truppen Theoderichs, dem König der Ostgoten beim Walser Birnbaum gelagert haben.

Bild aus R. Freisauff, 1880

Schatzsagen

A llgemein ist der Glaube verbreitet, dass im Innern der Berge unermessliche Schätze an Gold, Silber und Edelsteinen ruhen. Mythologisch bedeutet der Schatz das Gold und Silber des Sternenhimmels. Götter und Helden sind seine Besitzer, Zwerge und Tiere seine Wächter. Man glaubt, dass der Schatz von selbst rücke, d. h. sich der Erdoberfläche nähere. Zu einer bestimmten Zeit - alle sieben Jahre - steht er dann oben, tritt in den mannigfachsten Formen zutage: als Goldquelle, Goldkohlen, Goldzacken usw., und dann kann er gehoben werden. Dazu ist Stillschweigen und Unschuld erforderlich.

So ist der Untersberg nach der Meinung des Volkes in seinem Inneren ganz ausgehöhlt, und große Paläste, Kirchen und Klöster, anmutige Gärten, spiegelhelle Quellen und Hügel voll Gold und Silber befinden sich in ihm. Kleine Männchen bewachen die Schätze. (1)

Z werge bewachen die Schätze. Aus Sagenschaukasten im Untersbergmuseum. Foto C. Uhlir

Der Ritter von Tollenstein

Das Schloss Leopoldskron bei Salzburg war einstmals im Besitz der Ritter von Tollenstein. Eine mächtige Burg ragte an Stelle des Schlosses damals zum Himmel, und weit umher waren die Macht und der Reichtum der Tollensteiner bekannt und geachtet. Aber als der Letzte seines Stammes, Ritter Burkhard von Tollenstein, auf der Burg saß, war nichts von dem einst so berühmten Reichtum der Tollensteiner mehr übriggeblieben, Schmalhans war Küchenmeister in den ehemals reichlich gefüllten Vorratshallen der Burg geworden. Trotzdem warb der verarmte Ritter um die Liebe der schönen und reichen Gräfin Juliana von Hort, denn heiße Liebe zu der gefeierten Frau hatte sein Herz ergriffen. Doch die schöne Juliana hatte kein Verständnis für die Liebe des armen Ritters. Sie wies seine Werbung zurück, „denn", meinte sie, „was nützen mir eine lange Reihe von Ahnen und ein uraltes Wappen, Herr Ritter, wenn der Hunger in Eurer Burg täglicher Mittagsgast ist."

Außer sich über diese spöttische Abweisung und zornig über sein Schicksal und seine trostlose Lage, verließ der Ritter die Burg der Geliebten, schwang sich auf sein Pferd und jagte wie verrückt über Stock und Stein, dass die Funken stoben. Da bäumte sich plötzlich das Pferd mit schrecklichem Schnauben auf und war nicht von der Stelle zu bewegen. Vergebens gebrauchte der Ritter in wildem Zorn seine Sporen, es rührte sich nicht und stand da wie aus Erz gegossen. Da stieg Burkhard wütend vom Pferd, um nach der Ursache dieses sonderbaren Verhaltens zu forschen. Und siehe da, ein Männlein war's, bekleidet mit stahlgrünem Wams und Mäntelchen, das vor dem Pferd ruhig auf einem moosigen Stein saß und mit blitzenden Augen zu dem Ritter emporschaute. Diesen aber befiel ein unheimliches Gefühl, denn erst jetzt bemerkte er, dass er in den Bereich des gespenstischen Untersberges geraten war, der das Heim so vieler zauberhafter Wesen bildet. Schon wollte er eilig sein Pferd zur Flucht wenden, als der Gedanke an die schöne Juliana und seine eigene Armut wie ein Blitz durch sein Gehirn zuckte.

Jetzt oder nie, dachte er und rief dem Zwerg mit kräftiger Stimme zu: „He, Kleiner, was stellst du dich mir in den Weg und hältst mein Pferd an?" Mit spöttischem Lächeln erwiderte der Zwerg: „Was treibst du dich in dieser Stunde in meinem Gebiet herum? Wisse, du schwacher Erdenwurm, ich bin Pypo, der Herr dieses Berges. Mir gehören alle die Schätze, die seit Jahrtausenden in seinem Innern ruhen. Wer nicht dazu berufen ist, darf sich meinem Reich nicht nähern."

„Bist du wirklich der Herr dieses Berges", rief in barschem Ton der Ritter, „so hilf mir, wenn es in deiner Macht steht! Gib mir nur einen Teil deiner Schätze, und mir wird geholfen sein; ewig will ich dir's danken."

„Ha", sprach der Zwerg, „Dank begehre ich nicht von dir, aber einen Tauschhandel will ich eingehen, sofern dich der Tausch nicht reut. Ich bin zufrieden, wenn du mir für jeden Beutel mit tausend Goldgulden, den ich dir gebe, nur ein Haar deines Hauptes überlässt."

„Ein Haar nur", meinte zweifelnd der Burgherr, der glaubte, nicht recht gehört zu haben. „Einen ganzen Zopf kannst du bekommen. Gib mir nur Gold genug, damit Juliana die Meine wird!"

Doch ernst wiederholte das Zwerglein: „Ich nehme nicht mehr als ein Haar für jeden Beutel", und drohend setzte es hinzu: „Aber achte wohl, Burkhard, dass du nur genug Haare hast!" Dem Tollensteiner aber schien ein Haar für die goldene Gegengabe zu wenig. Er griff zum Schwert, schnitt sich eine Locke ab und warf sie dem Zwerg in den Schoß.

Der Ritter von Tollenstein trifft den Zwerg Pypo, den „Herrn des Untersberges".

Bild aus R. Freisauff, 1880

„Nein, nein", sprach dieser, „ich brauche deine Locke nicht, ein Haar von dir genügt mir vollauf." Bei diesen Worten stand er auf, näherte sich dem Burgherrn und riss mit eigener Hand ein Haar vom Haupt des Ritters.

Grinsend rief er dann dem Edelmann zu: „Hab Dank dafür, du schmucker Rittersmann!" und eilte mit schnellen Schritten dem Berg zu, wo er hinter den Felsen verschwand. Zu Füßen des Ritters aber lag ein wohlgefüllter Beutel, aus dessen Maschen ein goldiger Glanz strahlte. Schnell nahm Burkhard die erwünschte Last an sich, bestieg sein Ross und ritt mit frohem Mute seiner Burg zu. Und Tag um Tag schleppte er nun Beutel um Beutel nach Hause, und der goldene Haufen in seiner Burg wuchs und vermehrte sich, bis er endlich genügend Schätze angesammelt glaubte, um die Habgier der schönen Juliana zu befriedigen. Nun erneute er seine Werbung und fand auch Gehör; bald war sie seine angetraute Ehefrau und folgte ihm auf seine Burg Tollenstein.

Nach wenigen Jahren konnte Juliana in Gold wühlen, aber nur mehr ein spärlicher Silberkranz umrahmte den Kopf des früh gealterten Ritters. So vergingen die Jahre. Da wollte die Schlossfrau eines Tages ein großes Turnier in der Burg geben und befahl ihrem Gatten mit harten Worten, er möge Gold hiefür herbeischaffen.

Kummervoll ritt der Herr von Tollenstein dem Untersberg zu. „Meister Pypo", rief er verzagt, und schon stand das grüngewandete Männchen vor ihm und fragte: „Was ist dein Begehr?"

„Gib mir Gold!" stöhnte Burkhard, „doch ich habe nichts mehr zu tauschen. Ich vermag dir kein Haar mehr zu bieten, denn siehe, mein gealtertes Haupt ist kahl!" Dabei nahm er seinen Helm ab und hielt dem Zwerg den Kopf hin, der kahl wie eine Kugel glänzte.

„Siehe da", rief grinsend der Zwerg, „habe ich dir nicht gesagt, du mögest achten, dass dir die Haare nicht zu wenig werden! Nun ist diese Zeit gekommen; umsonst aber bekommst du nichts von mir!"

„So hab doch Erbarmen!" jammerte der Burgherr. „Verlange, was du willst, und was ich vermag, will ich tun." Und traurig fügte er hinzu: „Nur verlange kein Haar mehr von mir, denn die hast du mir alle schon abgenommen!" „Dann ist unser Handel zu Ende!" lachte das Zwerglein.

Da fasste den Ritter entsetzliche Wut. „O du Elender", brüllte er zornig, „nun verstehe ich dein höllisches Werk. Du wolltest nur meinen standhaften Sinn untergraben, alles Gute in mir vernichten, mich zum seelenlosen Werkzeug teuflischer Gier erniedrigen. Gib mir meine Haare wieder, die du mir schändlich für Gold geraubt hast, oder du sollst die Hand des mächtigen Tollensteiners kennen lernen."

„Der mächtige Tollensteiner!" lachte der Zwerg. „Wo ist deine Macht, zu der ich allein dir verholfen habe mit Gold, das du nicht mehr besitzt? Deine Haare willst du wieder haben, du feiger Schwächling? Nun wohl, hier sind sie, ich brauche sie nicht länger!" Bei diesen Worten zog er ein kleines Zöpfchen, aus den Haaren des Ritters geflochten, aus seinem Wams hervor und warf es

dem Ritter mit grässlichem Lachen vor die Füße. Und mit höhnischem Gelächter verschwand er unter großem Getöse in den Klüften des Berges. Der Ritter aber ritt mit verhängten Zügeln seiner Burg zu, eilte in sein Schlafgemach und schloss sich dort ein.

Schon waren alle Vorbereitungen zum festlichen Turnier getroffen, schon hatten sich die Festgäste versammelt, und die Trompeten zeigten den Einzug der Ritterschaft an, aber noch immer war Ritter Burkhard nirgends zu erblicken. Zornig stieg die Schlossherrin selbst zum Zimmer des Ritters empor, um den vergesslichen Burgherrn zu holen. Aber die Tür war fest verschlossen und spottete allen Bemühungen, sie zu öffnen. Kein Laut drang aus dem Gemach. Erst mit Gewalt gelang es, die Tür aufzusprengen. Entgeistert starrten die Gemahlin des Ritters und mit ihr alle Eintretenden auf den grausigen Anblick, der sich ihnen da bot. Mit entsetzlich verzerrtem Gesicht lag der Ritter auf seinem Bett, erdrosselt von einer Haarschnur, seine Rechte hielt einen Beutel mit tausend Goldgulden.

Das war das Ende des letzten Sprosses der mächtigen Ritter von Tollenstein. Juliana aber floh, von Gewissensbissen geplagt, aus der Burgund fand bald darauf einen unvorhergesehenen Tod. (8)

Goldsand auf dem Untersberg

Im Jahre 1753 ging der ganz mittellose Dienstknecht Paul Mayr auf den Berg. Als er unweit dem Brunntal fast die halbe Höhe erreicht hatte, kam er zu einer Steinklippe, unter der ein Häuflein Sand lag. Weil er schon so manches gehört hatte und nicht zweifelte, dass es Goldsand wäre, füllte er alle Taschen damit und wollte vor Freude nach Haus gehen. Aber in dem Augenblick stand ein fremder Mann vor seinem Angesicht und sprach: „Was trägst du da?" Der Knecht wusste vor Schrecken und Furcht nichts zu antworten, aber der fremde Mann ergriff ihn, leerte ihm die Taschen aus und sprach: „Jetzt gehe nimmer den alten Weg zurück, sondern einen andern, und sofern du dich hier wieder sehen lässt, wirst du nicht mehr lebend davonkommen." Der Knecht ging heim, aber das Gold reizte ihn so, dass er beschloss, mit einem guten Kameraden den Sand noch einmal zu suchen. Es war aber alles umsonst, und dieser Ort ließ sich nimmermehr finden. (3)

Die Goldkohlen

Im Jahre 1753 ging eine Kräutelsammlerin aus Salzburg auf den Wunderberg. Nachdem sie eine Zeit lang umhergegangen war, kam sie zu einer Steinwand, da lagen Brocken, grau und schwarz wie Kohlen. Einige davon nahm sie mit. Zu Hause merkte sie, dass die Brocken mit purem Gold vermischt waren. Sie kehrte alsbald wieder auf den Berg zurück, um mehr davon zu holen, konnte aber trotz allen Suchens den Ort nicht mehr finden . (2)

Der Goldzacken

Vor langer Zeit kam ein Bauer auf den Untersberg und entdeckte überrascht an einem Felsen lange, hängende Goldzacken. Rasch langte er danach und wollte einige abbrechen. Aber so sehr er sich auch anstrengte, es wollte ihm nicht gelingen. So ging er denn nach Hause, um sich ein Beil zu holen. Vorher aber häufte er noch eine große Masse Steine unter diesem Felsen an, um sie später sofort wieder zu finden. Er hatte jedoch die Rechnung ohne den Wirt gemacht: Nach mühseligem Marsche mit dem Beil fand er bei seiner Rückkehr wohl den Steinhaufen, aber von den Goldzacken entdeckte sein Auge keine Spur mehr. Ein böser Kobold schien ihm einen Streich gespielt zu haben. (2)

Der Goldbrunnen

Es ging einmal ein Hirtenknabe den Untersberg hinab, und weil es sehr schwül war, legte er sich an einer frischen Quelle ins weiche Gras und schlief ein. Als er erwachte, griff er nach seinem Stab, den er in die Quelle gelegt hatte. Aber, o Wunder! Anstatt des alten mit Eisen beschlagenen Stockes blitzte ein nagelneuer Hirtenstab aus purem Gold aus dem Wasser. Voll Freude nahm ihn der Knabe und eilte damit spornstreichs den Berg hinunter seinem Dorfe zu. Da entstand ein großes Aufsehen über den kostbaren Fund, und alles Volk machte sich sofort, schwer mit Eisen beladen, auf den Weg nach dem Goldbrünnlein. Dort wollte jeder zuerst seine Bürde von Eisen ins Wasser werfen. Bald war die Quelle angefüllt. Aber vergeblich warteten die guten Leute auf die Vergoldung. Am Ende mussten sie ihr Eisen wieder aus dem Wasser ziehen und beschämt nach Hause wandern.

Noch heute sieht man an der Stelle einen Wasserbehälter, von Steinen umrahmt. Wirft ein Wanderer nach kühlem Trunk den eisernen Schöpflöffel zurück in das Wasser, so steigen goldglänzende Perlen an die Oberfläche. Der Wanderer hat sich am „Goldbrünndl" gelabt. (3)

Goldbrunnen aus Sagenschaukasten im Untersbergmuseum.

Foto: C. Uhlir

Zwei Hirtenknaben

Um jungen Vögeln nachzustellen, durchstreifen einst zwei Hirtenknaben die Waldungen des Untersbergs. Da kamen sie zufällig an eine offen Türe. Neugierig traten sie durch diese ein und sahen sich in einer großen, weiten Halle. Weder Stuhl noch Tisch, weder Kasten noch Bett war in ihr zu finden, wohl aber zwei große Truhen, von denen die eine voll gefüllt mit eitlem Gold sich ihren Blicken zeigte. War das eine Freude! Rasch griffen sie hinein und füllten ihre Brotsäckchen mit dem edlen Metall. Und je mehr sie nahmen, desto größer wurde ihre Begierde. Da verdüsterte sich auf einmal die Halle, die Wände schienen zu schwanken, ein beengendes und beängstigendes Gefühl beschlich die Herzen der beiden Knaben, so dass sie eilends hinaus ins Freie flohen. Und dies wahrlich zur rechten Zeit, denn kaum hatten sie den Fuß ins Freie gesetzt, so fiel die Türe donnernd ins Schloss, und so rasch war das geschehen, dass dem einen der beiden Hirtenknaben der Schuhabsatz weggerissen wurde. Sich bekreuzigend flohen sie von dannen und dankten Gott, als sie glücklich daheim angelangt waren. (2)

Das Flachsbündel

Ein junges Bauernmädchen stieg einst an einem hellen, freundlichen Wintertag den Untersberg hinauf. Da erblicke sie auf einmal unweit des Steinbruches eine wunderschöne, weißgekleidete Frau, welche eben damit beschäftigt war, auf dem frisch gefallenen Schnee Flachsbündel auszubreiten.

Das Mädchen blieb erstaunt stehen und sah dem wunderbaren Treiben der Frau zu, bis diese ihren Kopf hob und die stille Zuschauerin bemerkte. Wohl erschrak das Mädchen gar sehr, als aber die geheimnisvolle Frau es zu sich rief, fasste es Mut und trat näher. Da sprach sie: „Nimm, mein Kind! Und löse Dir die Bündel hier zu deiner Hochzeitssteuer!"

Gehorsam tat das Mädchen, wie im geheißen, und sammelte die Flachsbündel in seiner Schürze. Als es fertig war und sich bei der Frau bedanken wollte, war diese verschwunden. Nun eilte jenes, so schnell es konnte, nach Hause zur Mutter und erzählte das Geschehene. Als es aber die Schürze leerte, fielen aus derselben statt der Flachsbündel eitel Perlen, Smaragde und Edelsteine. Das war der Lohn für ihre Bescheidenheit gewesen. (2)

Dr. Martin Pegius und die Königin von Saba

Nicht lange nach dem Bekanntwerden der Erlebnisse des Lazarus Eigner (Gitschner) im Untersberge machte sich auch der später so unglückliche salzburgerische Rat Dr. Martin Pegius daran, eine Beschreibung des Untersberges zu verfassen. Aus dieser Beschreibung hat uns Dr. Johann Baptist Fickler, kurfürstlich bayrischer Rat, der volle 28 Jahre in salzburgerischen Diensten stand, vor seiner Übersiedlung nach Bayern in seiner handschriftlichen „Salzburgerischen Chronik" Folgendes überliefert:

Dr. Martin Pegius schildert unter anderem auch die Wunder des Untersberges, erzählt gar Seltsames von Bergmännlein und Bergfrauen, von Frau Venus, von Gold und Edelsteinen. Das alles wäre sichtbar und von einem großen, Tageshelle ausströmenden Karfunkelstein beleuchtet. Er schreibt des Weiteren von schönen Frauen, deren Häupter mit goldenen Kronen geschmückt wären. Namentlich eine zeichne sich vor allen übrigen aus, welche aus dem Geschlechte der Heiligen Drei Könige von Saba, nämlich aus Persien sei. Diese Königin sei am Sonntag Reminiscere, den 19. Februar, nach Salzburg zu Dr. Pegius Ehefrau gekommen und habe von dieser begehrt, sie möge sich auf drei Jahre in den Berg „hinein versprechen", dann wolle sie ihr so viel geben, dass sie ihr Lebtag reich und eine hochangesehene Frau sein würde. Frau Pegius habe jedoch nicht eingewilligt, sei aber gleichwohl in den Berg gekommen und habe dort viele Wunderdinge gesehen. Die Königin von Saba wäre später öfter in die Behausung der Pegius gekommen und hätte ihr viele Geheimnisse offenbart. So auch am dritten Osterfeiertag, dem 26. März 1581, an dem Frau Pegius von der Königin erfahren habe, dass den Bewohnern des Untersberges vor tausend Jahren prophezeit geworden sei, dass ein Mann namens Martinus, der in der Astronomie und Juristerei wohl erfahren war, auferstehen und sie durch seine Fürbitte erlösen werde. Zwischen dem 14. und 26. März 1581 habe ihnen Gott einen Engel gesandt, der ihnen verkündete, dass Dr. Martin Pegius derjenige sei, von welchem die Prophezeiung sprach. Weiters erzählt Dr. Pegius, dass im Untersberge auch Annas und Kaiphas, der Sultan von Ägypten, Herodes, des Herodes Tochter, die Königin von Sodom und Gomorrha usw. seien. Herodes sei gleichfalls bei seiner Ehefrau gewesen und habe ihr erzählt, wie es bei der Enthauptung des heiligen Johannes zugegangen sei. Auch des Kaisers Augustus Sohn befinde sich im Berge und habe am 8. April 1581 mit der Königin von Saba seine Ehefrau besucht und viel Wunderbares erzählt. (2)

ZweiterTeil

Hintergrundinformationen

Der Wunderberg - Aufstieg und Fall des Untersberges

Die Gesteine des Untersberges sind Ablagerungen in einem Urmeer aus dem Zeitalter der Saurier, dem Erdmittelalter. Diese Ära begann mit dem Auseinanderbrechen des Urkontinentes „Gondwana" und der Bildung eines Ozeans vor 225 Mill. Jahren und endete vor 60 Mill. Jahren mit einer kosmischen Katastrophe, dem Sturz eines riesigen Meteoriten und der Vernichtung fast aller Lebewesen auf diesem Planten.

In diesem Urmeer - nach der griechischen Titanin Tethys benannt - lagerten sich kilometerdick die zu Boden gesunkenen Skelette und Behausungen von Lebewesen ab und verfestigten sich zu Kalkstein.

Geschichteter, massiver Kalkstein baut die Gipfel des Untersberges auf (Geiereck bei der Bergstation der Untersbergbahn).

Foto: Kerschbaumer, 2000

So wie Tethys mit dem Auseinanderbrechen eines Kontinentes entstand, verschwand sie auch wieder mit dem Zusammenstoß von Afrika mit Europa. Dabei wurden die bereits verfestigten Meeresablagerungen vom Untergrund abgeschert, übereinandergestapelt, gekippt, gefaltet, in die heutige Position geschoben und schließlich langsam aus dem Meer gehoben.

Am Ende des Erdmittelalters schauten bereits die höchsten Erhebungen des Untersberges aus dem Meer heraus. An der Küste dieser Inselkuppen wurden in der Brandung die Gesteine des Untersberges zu Sand und Schutt aufgearbeitet und am Fuß des Untersberges wieder abgelagert, dabei entstand der berühmte, seit der Römerzeit abgebaute Untersberger Marmor. (1)

Relief des Untersberges.
Von F. Gusenbauer, 2000.

Gekippte Scholle des Untersberges (Berchtesgadener Hochthron und Watzmann im Hintergrund).

Foto: C. Uhlir, 1999

Marmorsteinbrüche am Fuße des Untersberges bei Fürstenbrunn.

Foto: C. Uhlir, 1999

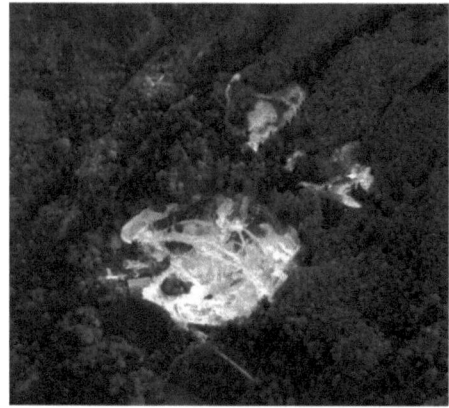

Fürstenbrunner Riesenquelle. Bis zum Bau der Wasserleitung wurde das Quellwasser täglich mit Wasserreitern an den erzbischöflichen Hof gebracht. Im Vordergrund Kugelmühlen.

Bild: F. Hinterholzer, 1989, SMCA Salzburg

In mehreren Schüben setzte sich der weitere Aufstieg in der Erdneuzeit (Tertiär und Quartär) fort und dauert bis heute an. (2)

Mit dem Herausheben aus dem Meer begann sich der Kalkstein im Regenwasser wieder aufzulösen. Das Resultat sind Regenrinnen an der Oberfläche, die Mittagsscharte als altes Flusstal und eine Vielzahl von Abflusstrichtern, sogenannte Dolinen. Niederschläge, aber auch Schmelzwässer drangen entlang von Brüchen und Spalten in den Berg vor und lösten dort eine Vielzahl von ausgedehnten Höhlensystemen heraus und gelangten über Quellen oder Grotten am Fuße des Berges wieder an die Oberfläche. Die z.T. unterirdischen Quellen speisen heute die Wasserversorgungen der Stadt Salzburg und der Dörfer in der Umgebung.

Die formenreichen Eisbildungen in den bekannten Eishöhlen (Schellenberger Eishöhle, Kolowrathöhle und Karls Eiskeller) entstehen jedes Jahr aufs Neue. Wenn im Frühjahr das Schmelzwasser über Spalten in die noch winterkalten Höhlen eindringt und dort gefriert, entstehen Eiszapfen, Eismännchen und Eisseen.

Bizarre Eisbildungen in der Eingangshalle der Kolowrathöhle.

Ausschnitt aus Beda Weinmann, 1847, SMCA Salzburg

Oft bilden sich dann an den Höhleneingängen glasklare, zwergengroße Eismännchen, die in der Sonne unwirklich schimmernd bis in den Frühsommer hinein den Höhleneingang „bewachen". Die große Anzahl von Höhlen mit ihrer bizarren Formenvielfalt mag eine der Ursachen für die Bildung des reichen Sagenschatzes und der Mythen um den Untersberg sein. (3)

Der Bart von Kaiser Karl, eine Tropfsteinformation tief im Gamslöcher- Kolowrat-System.

Höhlenforscher schaffen den Durchstieg unterm Untersberg. Bei der Erforschung der Höhlensysteme im Untersberg wurde heuer 2004 nach 20 Jahren Forschung ein Druchbruch geschafft. Galten die Windlöcher- und Gamslöcher-Kolowrat-Systeme bisher mit je 16 km als längste Höhlensysteme des Untersberges, wurde heuer von Mitgliedern des Salzburger Höhlenvereines das Gamslöcher-Kolowrat-System mit dem Salzburger Schacht verbunden und damit eine zusammenhängende Länge von 25 km über eine Höhe von 800 m erreicht. Die zu erwartende Verbindung mit dem Schellenberger Eishöhlensystem wird in Kürze in Angriff genommen. (5)

Foto: G. Zagler 2004

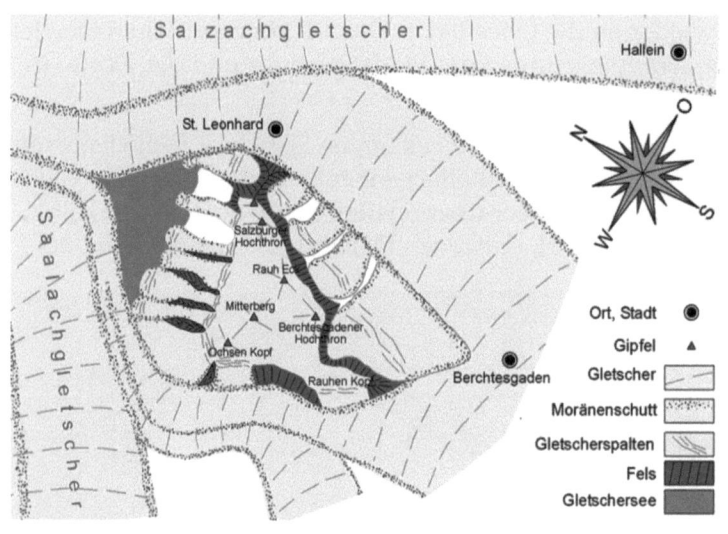

Ort, Stadt	◉
Gipfel	▲
Gletscher	
Moränenschutt	
Gletscherspalten	
Fels	
Gletschersee	

Der Untersberg war zur letzten Eiszeit ein Tafelberg, von dem die obersten 600 m aus dem Eisstromnetz herausschauten. Bild: Uhlir 2003

Maßgeblich für die Vielfalt der Landschaftsformen des Untersberges war die schürfende Wirkung der Gletscher der letzten Eiszeiten. Der Untersberg war von großen, aus Berchtesgaden kommenden Talgletschern umflossen, die sich im Salzburger Becken mit den mächtigen Salzach- und Saalachgletschern vereinigten. Diese Talgletscher hinterließen eindrucksvolle Trogtäler mit steilen Talflanken, die teilweise von Felsstürzen wie bei Hallturm oder großen Talzuschüben zwischen Schellenberg und Berchtesgaden wieder verschüttet wurden.

Abgesehen von den höchsten Gipfeln war das gesamte Plateau des Untersberges von Gletschereis bedeckt. Dieser Plateaugletscher floss nach Norden und Westen ab und hinterließ tiefe Troggassen mit dazwischen übrig gebliebenen harten Felszacken und eindrucksvollen Gletscherschliffen an deren Flanken. Unterhalb der großen Felsabbrüche im Osten und Südosten bildeten sich eine Reihe von Kargletschern, die beim Abschmelzen eindrucksvolle Klammen (Almbach- und Rossittenklamm) hinterließen. (4)

Troggassen an der Nordflanke zeugen vom Abfließen des Plateaugletschers. Foto: U. Lindenbauer, 1999

Landschaften und Schauplätze

Der Untersberg, mit seinem markanten Profil weithin sichtbar, als Eckpfeiler der Berchtesgadener Kalkalpen weit ins Salzburger Becken vorspringend, liegt inmitten eines uralten Siedlungsgebietes zwischen den Städten Berchtesgaden, Bad Reichenhall und Salzburg. Gesegnet vom Reichtum der Salzvorkommen befindet er sich seit jeher am Schnittpunkt von Handelswegen.

Das Geiereck, die charakteristische Spitze von Norden aus gesehen.

Foto: H. Sommerauer, 2001

Aus der Vogelperspektive zeigt sich der Berg als eine leicht nach Norden geneigte, geköpfte, dreiseitige Pyramide. Ein ausgedehntes 17 km² großes Plateau mit sanften Kuppen, jedoch ohne markante Gipfel ist umgeben von sehr unterschiedlich gestalteten Bergflanken. Die Form der Hänge wurde durch die schürfende Wirkung der Gletscher und nachfolgende Rutschungen und Stürze gestaltet. Das ausgedehnte Plateau, gegen Norden und Westen gesäumt von kultivierten Almgebieten, ist über weite Strecken unwegsam und zerklüftet. Brüche, Spalten und Dolinen prägen die Landschaft. (1)

Plateau des Untersberges, ca. 17 km² groß und unwegsam.

Foto: O. Stöhr, 2001

Vom Umland aus betrachtet zeigt der Berg die unterschiedlichsten Gesichter:

Die bekannteste Ansicht ist die weithin sichtbare, aus der Ebene herausragende, majestätische Nordflanke in der Form eines „hingestreckten Löwen".

Die weithin sichtbare Nordflanke des Untersberges
Bild: F. Loos, 1830, SMCA Salzburg

Hinter vorgelagerten, sanften Hügeln und tief eingeschnittenen Klammen
dominieren im Südosten die kulissenartigen, unbezwingbar scheinenden, hohen
Felsabbrüche mit dem Berchtsgadener Hochthron (1972 m) als höchster Erhebung.
Die wenig gegliederte, bis oben bewaldete, düstere Südwestflanke schließt nach
Norden mit dem Pass Hallturm. Das Tal ist gegen Gmain hin abgesperrt von
den Ablagerungen eines mächtigen, vom Hirschangerkopf herausgebrochenen
Felssturzes.

Kulissenartige Felsabbrüche im Südosten, Foto: L. Bohg, 2001

Kleinere Felsklippen, Hügel und Rücken sind häufig dem Berg vorgelagert. Schon seit Urzeiten wurden sie von den Anwohnern als Kultstätten, Aussichts- und Rückzugspunkte genutzt. Trotz der Befestigungen mit Burg und Türmen wurden sie häufig umkämpft. (2)

Schrägansicht von Westen. 3D-Modell von F. Gusenbuer 2000

Die Schauplätze der Untersbergsagen liegen meist in den unzugänglichen Regionen, die vor dem Aufblühen des Alpin-Tourismus Mitte des 19. Jhd. wirtschaftlich bedeutungslos waren. Nur wenige, meist einfache Jäger, Holzfäller und Senner haben sich in diese unwegsamen Höhen vorgewagt, die von Mythen und Geheimnissen umwoben und den Göttern vorbehalten waren.

D ie unwegsamen Regionen des Berges sind heute mit vielen Wanderwegen er- schlossen (2)

Foto: U. Lindenbauer, 1999

Der Name Untersberg und seine Bedeutung

Der „Undarnsperch" ist in einer Urkunde Erzbischof Konrads IV von Salzburg 1306 erstmals schriftlich belegt. Dieser Name kommt in jüngeren Urkunden in ähnlicher Schreibweise vor und verändert sich schließlich zu Untersberg, übrigens ein Name, der mit und ohne „s" häufig vorkommt. (1)

Die Diskussion um die Deutung des Namens beginnt Mitte des 19. Jahrhunderts, weil man sich damals besonders für den Sagenreichtum und die mythologische Bedeutung des Berges interessierte. Bereits in der ältesten gedruckten Fassung der Untersbergsagen, dem Brixner Sagenbuch (1782), heißt es im Titel: „Von dem berühmten Salzburgischen Untersberg oder Wunderberg". Der Wunderberg ist der „Berg der Unteren", der in den Berg Entrückten. Daran schließen sich Versuche, den Namen von Wotan oder Odin abzuleiten. (2)

Berge und ihre Namen hatten jedoch für die Landbevölkerung bis zum Aufflammen des Alpinismus Ende des 19. Jahrhunderts keine Bedeutung - Berge wurden gemieden und gefürchtet. Wirtschaftlich jedoch wurde der Berg über die Jahrhunderte hinweg als Weideland und Rohstoffquelle genutzt. Die ältesten Ansiedelungen auf dem Berg stammen aus der Kelten- und Römerzeit, sie befanden sich auf den östlichen und südlichen Hochflächen unterhalb der höchsten Erhebung, dem Berchtesgadener Hochthron, also „unter dem Berg". Auch dieser Deutungsversuch wurde verworfen, und heute sind viele Historiker der Überzeugung, dass Untersberg „Mittagsberg" bedeutet. Seine geographische Lage, bezogen auf das Hauptsiedlungsgebiet Salzburg und den Sonnenstand, erlaubt eine Zeitangabe. Das altgermanische Wort untarn (untorn) ist eine Bezeichnung für eine mittägliche oder früh nachmittägliche Rast oder Jause, und damit diente der Untersberg als „Sonnenuhr" für die nördlich anwohnende Bevölkerung. (3)

Schon 1914 stellte W. Erben zu dieser Diskussion lapidar fest:

..... Alles das erschwert die Annahme, dass man ihm eine vom Sonnenstand genommene Bezeichnung gegeben und dass eine solche sich in der ganzen Gegend durchgesetzt haben sollte. Dashalb muss auch weiterhin die Möglichkeit einer mythologischen Herkunft des Bergnamen [...] im Auge behalten werden.

Historisches, Politisches und Naturschauspiele

Peter Danner

Im Kloster von St. Peter in Salzburg befindet sich ein römischer Sarkophag, an dessen einer Seite sich folgende Grabinschrift befindet:

„Dem Profuturus, dem Vestigiator des Lollius Honoratus, der im Alter von 30 Jahren gestorben ist, haben Barbius und seine Gattin als Eltern sowie seine Frau dieses Grab bei Lebzeiten errichtet."

Vestigiator war einer, der die Spuren des Wildes lesen konnte und so das Wild aufspürte. Da der Untersberg bis heute ein bedeutendes Jagdrevier ist, kann davon ausgegangen werden, dass Profuturus seinen Beruf als Jäger auch auf dem Untersberg ausübte. Daher die kühne Annahme, dass Profuturus daher der älteste namentlich bekannte Besucher des Untersberges ist. (1)

Der in Salzburg geborene und nach seinem Studium in München lebende Jurist Johann Joseph Pockh (1675-1735) schrieb in seinem 1718 veröffentlichten Buch „Der Politische Catholische Passagier durchreisend alle hohe Höfe Republiquen Herrschafften und Länder der gantzen Welt" über den Untersberg:

„Die vornehmste Gebürge [im Erzbistum Salzburg] seynd der nur zwey Stund von der Stadt Saltzburg liegende Undersperg, welcher fünff Stund hoch und nicht allein wegen vieler sich darauf befindenden Berg-Geister sondern auch wegen allerley Gedichten als ob er inwendig hol wäre und eine gantze Menge Leuth darinnen wohneten weit und breit berühmt ist."(2)

Der Salzburger Hofkammerbeamte Franz Anton von Braune (1766-1853), der zu den bedeutendsten Botanikern seiner Generation in Salzburg zählte und häufig botanische Exkursionen auf den Untersberg unternahm, bemerkte 1797 über den Untersberg:

„Dieses Gebirge ist beinahe das renomirteste im ganze Lande Salzburgs; es wurde, und wird auch noch jährlich aus verschiedenen Absichten vielfältig bereiset. Schatzgräber und Geisterseher besteigen es, um da verborgene Reichthümer zu finden; denn die Sage von Goldquellen, oder sogenannten Goldbrünnen, von deren Daseyn und Entdeckung beinahe auf jedem Gebirge der Aberglaube wundervolle Geschichten zu erzählen weiß, und die läppische Mähre, daß Kaiser Karl V. hier eine Felsenburg bewohne, zu welcher eine eigene Pforte führte, sind allgemein bekannt, und werden zum Theile noch geglaubt."
(3)

Der Regensburger Botaniker David Heinrich Hoppe (1760-1846), der von 1798 bis 1843 beinahe jedes Jahr den Untersberg bestieg, berichtete über die Aktivitäten von Schatzgräbern, die der Steinbrucharbeiter Schmidt Riepel auf den Untersberg geführt hatte:

„Ein Musikant und ein Bauer waren die Helden. Der erste war der eigentliche Schatzgräber, und der zweite mußte einstweilen die Kosten tragen. Der zu hoffende große Gewinn sollte zuletzt in gleiche Theile gehen. Der Hauptgegenstand des Schatzgräbers war das Jungfraubrünnerl; hier wurde die Erde tief ausgegraben - geschlemmet, und ein großer Theil mit nach Hause genommen. Acht Tage nachher kam der nemliche Schatzgräber noch einmal, er hatte aber jetzt einen andern Sekundanten bei sich, der die Zeche bezahlen mußte." (4)

Besonders in den letzten beiden Jahrzehnten des 18. Jahrhunderts kam es im Erzstift Salzburg zu heftigen Konflikten zwischen Wilderern und der Obrigkeit. Davon war auch der Untersberg betroffen:

„1787 erhielten die Untersbergjäger einen dritten Jägerjungen als Verstärkung gegen die wiederholten Angriffe bayrischer Wilderer. Am 19. Mai dieses Jahres mussten die drei Untersbergjäger vor vier „bayerischen Raubschützen" aus Reichenhall flüchten, weil diese besser bewaffnet waren und „ihnen das Schießen angedrohet" hatten. Wie sich herausstellte, handelte es sich um Burschen aus Siezenheim, darunter Thomas Poger, Mathias Mayr und der „Pechbrocker Franzl", die in Bayern vor der Salzburger Justiz Zuflucht gesucht hatten." (6)

„Am 24. November 1798 wurde der Salzburger Jägerjunge Karl Nagel am Untersberg ermordet. Nachdem im Juni 1799 die Untersbergjäger den Reichenhaller Bandenführer Sebastian Haas („Sattlerwastl") während einer nächtlichen Streife angeschossen hatten und dieser im Amtshaus des Schlosses Staufeneck, des Sitzes des Pfleggerichts, gefangen gehalten wurde, kam es bereits am nächsten Tag zur Rache. Reichenhaller Wildschützen überschritten mit etwa 100 Mann die Grenze, umstellten das Schloss Staufeneck, pressten ihren Anführer frei und drohten, beim nächsten Mal des Schloss anzuzünden und die Untersbergjäger zu töten." (7)

Während des 2. Koalitionskrieges rückte nach der Niederlage des österreichischen Heeres bei Hohenlinden östlich von München am 3. Dezember 1800 die französische Armee gegen Salzburg vor, wohin Erzherzog Johann, der Oberbefehlshaber der Österreicher, am 11. Dezember sein Hauptquartier verlegte. Am 13. und 14. Dezember kam es dann auf dem Walserfeld zu einer weiteren Schlacht. In einem zeitgenössischen Bericht heißt es: „Die Franzosen breiteten ihren rechten Flügel bis an das Schloß Glaneck aus, und ihren linken Flügel abwärts bis an die Salzach." Die Österreicher erlitten noch einmal eine Niederlage.

Als die Kunde vom Vorrücken der Franzosen verbreitet wurde, flüchtete ein Teil der Bevölkerung von Großgmain, Wals und Grödig in die Wälder des Untersberges, wie den vom Rechtsgelehrten und Historiker Judas Thaddäus Zauner (1750-1815) in seinem dreibändigen Werk „Beyträge zur Geschichte des Aufenthaltes der Franzosen im Salzburgischen und in den angränzenden Gegenden" (1801-1802) veröffentlichten Berichten zu entnehmen ist. (8)

Über den sog. „Berggeist vom Untersberg" (1822-1898) berichtete die Volkskundlerin und Historikerin Nora von Watteck (1901-1993):

„Er kam im Turmzimmer des Rochus-Lazaretts in Maxglan auf die Welt. Von dort ging der Ausblick anders als jetzt ungehindert über die Moorlandschaft auf den Untersberg. Abseits des Weges bestieg er ihn jede Woche. Er war sehr klein von Gestalt, hatte einen langen weißen Bart und ein verrunzeltes Gesicht. Dazu trug er eine kapuzenartige Kopfbedeckung. Um den Eindruck eines Untersbergzwerges noch zu verstärken, tauchte er am Berg immer plötzlich auf, um wie in den Sagen gleich wieder zu verschwinden. Damit erklärt sich sein Vulgoname „Berggeist vom Untersberg". Bei alpinen Festzügen wurde er immer geholt, um als Gnomenfürst in Erscheinung zu treten." (9)

In seinem in Umgangssprache verfassten Buch „Hans-Jörgels Reise nach Oberösterreich, Salzburg und Bayern", das 1844 gedruckt wurde, erzählte der aus Wien stammende Verfasser Johann Baptist Weis von seinem Aufenthalt in Salzburg. Dazu gehörte damals ein Besuch von Fürstenbrunn am Fuße des Untersbergs, wie man den Worten eines Reisebegleiters von Hans-Jörgel entnehmen kann: *„Es wär´ do eine Schand´, wann man in Salzburg is, und nit einmal die Marmorbrüch´ sehet."*

Hans-Jörgel berichtete: *„Wann man dös Ungeheuer von ein´m Berg nur von Weitem anschaut, so wird Ein´m schon entrisch. Es hat im Umkreis an der Wurzel nit weniger als sechs Meilen, und weil er ganz allein da steht, so verdient er mit seinen vielen Naturwundern wohl den Namen Wunderberg. Den Schatzgrabern hat der Berg einmal viel z´schaffen g´macht, und wahrscheinlich haben die nächtlichen Besuch´ von solchen Abenteurern zu den vielen Sagen mit Veranlassung geben."* (10)

Im Jahr 1866, in dem er das Studium der Rechtswissenschaft begann, unternahm der aus München stammende Karl Hofmann (1847-1870) eine Bergtour auf den Untersberg.

„Kein Berg aber scheint für die Wolken eine solche Anziehungskraft zu besitzen wie der Untersberg. Oft ist er mit einer wenig anmuthigen Nebelkappe verziert, wenn sich alle anderen Spitzen rings umher noch unverhüllt erheben. Den Bewohnern Salzburgs gilt der Untersberg als Wetterprophet; wenn eine Wolke sich auf ihm niedergelassen, so ist das ein sicheres Zeichen, daß bald ein schlimmer Umschwung in der Witterung eintreten wird.“ (11)

Als am 7. Mai 1872 zum achten Mal der in der Sage von „Kaiser Karl im Untersberg" vorkommende Birnbaum auf dem Walserfeld mutwillig gefällt worden war, fand man im Volksmund dafür folgende Erklärung, wie Rudolf Freisauff von Neudegg 1876 berichtete:

„Niemand anderes konnte nämlich das Werk vollbracht [...] haben, als die Untersberger selbst. Deutschland war ja wieder in seiner alten Stärke und Macht erstanden, es gab wieder einen deutschen Kaiser und Baierns Fürst war es gewesen, der den ersten Anstoß zur Wiedererrichtung des deutschen Kaiserthrones gegeben. Die Sage hatte sich erfüllt, der Baum war gegenstandslos geworden.“

Daraufhin erwarb Johann Lindenbauer, der Domänen- und Forstverwalter von Herrn Michael Fink, vom Besitzer des Birnbaums, dem Siglbauer Josef Huber, die Holzreste. Er beauftragte den Halleiner Kunstschnitzer A. Baumann, Gegenstände zu verfertigen, die auf die Untersbergsage Bezug nehmen und Episoden aus Salzburgs Geschichte darstellen. (12)

Der Wiener Guido von List (1848-1919), der Verkünder der sich auf germanische Wurzeln berufenden Religion des „Wotanismus", schrieb in seinem 1908 veröffentlichten Buch „Die Armanenschaft der Ariogermanen" über die entscheidende Schlacht auf dem Walserfeld:

„Noch fliegen nur die Raben um den Untersberg, in dem der Armanengeist seiner Wiedergeburt entgegensieht, aber die Zeichen mehren sich, woraus zu erkennen ist, daß die Zeit nahe ist, in welcher dessen Tor sich öffnen muß für den Auszug der Wiedergeborenen, für den „Starken von oben", der da kommen wird, um mit schlichtenden Schlüssen den Streit zu beenden, um das erneute Armanenrecht allen Völkern zu geben für die werdende kommende Zeit. So stehen wir denn vor der Morgen-Götter-Dämmerung des arischen Geistes, schon heben sich die Nebel, schon will emporsteigen die Waberlohe, welche die neue Sonne gebiert.“ (13)

Nach dem Verbot der Sozialdemokratischen Partei und aller anderen Parteien in Österreich im Jahr 1934 versuchten Sozialisten und Kommunisten vor allem um den 12. Februar, zum Gedenken an den Bürgerkrieg im Februar 1934, um den 1. Mai und um den Antikriegstag am 1. August, mit Aktionen wie Höhenfeuern in Form von drei Pfeilen oder von Hammer und Sichel oder durch Aufrichten von Fahnen die Aufmerksamkeit zu erregen.

So kann der Arbeiter-Zeitung vom 24. Februar 1935 entnommen werden: *„In der Nacht vom Samstag, den 9., auf Sonntag, den 10. Februar brannten auf den Bergen rings um Salzburg Höhenfeuer, die großes Aufsehen hervorriefen, zu Ehren der proletarischen Toten des Februar."* (14)

In seinem 1937 erschienen Buch „Um den Untersberg. Sagen aus Adolf Hitlers Wahlheimat" schilderte Manfred von Ribbentrop zunächst kurz die Gegend:

„Im südöstlichsten Winkel des Reiches liegt das Berchtesgadener Land mit seinem märchentiefen Königssee, mit dem wolkenumbrausten Watzmann, thronend im ewigen Schnee, mit dem sagenumrauschten Untersberg, der gleichsam die Wache hält im Vorland zwischen Salzach und Inn."

Dann verriet er die Absicht seines Buches, indem er sich an die männliche Jugend wandte: *„Dieses Büchlein ist ein Schatz, den vor allem ihr Jungen hüten müßt. [...] Ich gab sie [die Sagen] euch um der einen Willen: Wo die kraftvolle harte Wirklichkeit unserer Tage den gigantischen Kampf lenkt, der das Gute schützen wird vor dem Übel der Welt, dort läßt geschehen die Sage die letzte gewaltige Schlacht, die die Menschen zu kämpfen haben und zu gewinnen. Wie eine Verheißung aus frühen Jahrtausenden in unsere Zeit klingt die Kunde vom Herzog, der als Sieger den Thingplatz schmückt mit dem Schild seines Volkes."* (15)

Der spätere Rüstungsminister Albert Speer (1905-1981) hielt eine Begebenheit in der Nacht des 21. August 1939, am Vorabend des 2. Weltkriegs fest:

„In der Nacht standen wir mit Hitler auf der Terrasse des Berghofes und bestaunten ein seltsames Naturschauspiel: ein überaus starkes Polarlicht überflutete den gegenüberliegenden, sagenumwobenen Untersberg für eine lange Stunde mit rotem Licht, während der Himmel darüber in den verschiedensten Regenbogenfarben spielte. Der Schlußakt der Götterdämmerung hätte nicht effektvoller inszeniert werden können. Die Gesichter und Hände eines jeden von uns waren unnatürlich rot gefärbt. Das Schauspiel rief eine eigentümlich nachdenkliche Stimmung hervor. Unvermittelt sagte Hitler, zu einem seiner militärischen Adjutanten gewandt: „Das sieht nach viel Blut aus. Dieses Mal wird es nicht ohne Gewalt abgehen." (16)

Im Jahr 1987 wurde ein Münchner Ehepaar und eine weitere Frau am Salzburger Untersberg vermisst. Das Trio konnte trotz mehrtägiger Suche im Gebiet des Untersberges nicht aufgefunden werden. Das rätselhafte Verschwinden und Informationen, dass dieses Trio gerne Höhlen besichtigte, nährten bald Gerüchte in der Bevölkerung, daß die Vermissten „beim Kaiser Karl" seien. In der Salzburger Kronenzeitung (22. August 1987) hieß es: „Jetzt können Bergretter nur noch auf den Zufall hoffen!", damit wurde auf einen Zusammenhang mit den traditionellen Sagen rund um den Untersberg angespielt. (17)

Groß war die Enttäuschung, als die drei vermissten Bergsteiger nach drei Monaten auf einem Frachter im roten Meer aufgefunden wurden. (18)

Der Dalai Lama sagte zur Festspieleröffnung 1993: „.... es ist mir eine große Ehre, hier in dieser schönen historischen Stadt nahe dem Herzen Europas zu Ihnen sprechen zu dürfen." Seither geistert eine moderne Sage in verschiedenen Versionen um den Untersberg: Nach D. L. sei der Untersberg der „Schlafende Drache" Europas, vergleichbar mit dem Kailash in Tibet, oder er sei das Herz-Energiezentrum Mitteleuropas, oder dass der Dalai Lama mehrmals am Untersberg gesehen wurde. Dies wurde jedoch von seinem offiziellen Büro in Dharamsala nicht bestätigt. (19, 20)

Vergleichbar damit ist die moderne Sage vom Besuch von australischen Aborigines am Untersberg, die dabei angegeben hätten, dass in der alten Mythologie der Aborigines der Untersberg vorkomme, oder dass der Untersberg seinen Gegenpol im Ayers Rock hätte.

Die häufigen Nebelbilder des Untersberges werden wie folgt beschrieben:

„Sie umrahmen den Schatten des Beobachters auf einer darunter liegenden Wolke (Nebel) mit drei konzentrischen farbigen Ringen (Regenbogen), wobei das Zentrum der Ringe entweder im Kopf oder in der Körpermitte liegt. Diese Bilder treten immer dann auf, wenn der Beobachter zwischen einer Nebelmasse und der Sonne zu stehen kommt, derart dass der Schatten auf die weiße Wolke fällt. Kopf und Brustteil sieht man unverzerrt, die Gliedmaßen sind aber perspektivisch nach vorne oder unten verlängert. Die Gestalt dieser am Untersberg häufig auftretenden Nebelbilder erinnert an so manche Erzählungen und Zeichnungen von Marienerscheinungen." (21)

Historisches Umfeld zur Kaisersage

V erschiedene Herrschernamen stehen mit der Untersbergsage in Zusammenhang, zwei Kaisergestalten haben jedoch durch ihre persönliche Anwesenheit in Salzburg einen besonderen Stellenwert im Bewusstsein der hiesigen Bevölkerung erlangt. Diese Herrscher sind Friedrich I. (Barbarossa) und Karl der Große.

Die Beziehungen des fränkischen Herrschers Karl des Großen zu Salzburg, insbesondere zum Salzburger Erzbischof Arno, waren besonders eng. Arno wurde zunächst 782 zum Abt des fränkischen Klosters St. Amand bestellt. Als Abt lernte er den wohl berühmtesten Gelehrten seiner Zeit, Alkuin, kennen, mit dem ihn bald eine enge Freundschaft verband. Alkuin dürfte es auch wohl gewesen sein, der Karl den Großen auf die Fähigkeiten seines Abtes aufmerksam machte. Auf Betreiben Karls des Großen wurde Arno jedenfalls 785 vom Bayernherzog Tassilo zum Bischof von Salzburg ernannt, zugleich blieb er weiterhin Vorsteher seines fränkischen Klosters. Von dem Vertrauen, das Karl der Große in den Salzburger Bischof setzte, zeugt, dass er diesen wiederholt mit verantwortungsvollen Aufgaben in der Reichspolitik betraute. Auf Karls Wunsch wurde schließlich auch in Bayern vom Papst eine Metropolitanverfassung eingeführt. Zur allgemeinen Überraschung wurde das damals eher unbedeutende Salzburg zum Metropolitansitz bestimmt. Dies geschah wohl deshalb, weil von allen bayerischen Bischöfen Arno dem König am nächsten stand. 798 verlieh Papst Leo III. das Pallium, das äußere Zeichen der Würde eines Metropoliten, an Arno. Im Jahr 803 war Karl der Große, zu diesem Zeitpunkt bereits Kaiser, sogar persönlich in Salzburg anwesend. In diesen Zeitraum fällt auch die Umgestaltung des Salzburger Herzogshofes in eine Königliche Pfalz, in der Karl 803 wohl residiert haben dürfte. In dieser Pfalz fielen auch wesentliche Entscheidungen über die Ostmission, der König hatte nämlich 796 ganz Karantanien und Pannonien als Missionsgebiet der Salzburger Kirche zugewiesen. (1)

Kaiser Karl der Große.

Ausschnitt aus Karl der Große verläßt den Untersberg, von Hans Markat, um 1860, SMCA

Der Hohenstaufer Friedrich I. war von allen Herrschern des Hochmittelalters derjenige, der am stärksten in die Geschichte des Erzstiftes und der Stadt Salzburg eingegriffen hat. So eröffnete Friedrich I. im Jahr 1165 gegen den Salzburger Erzbischof Konrad II. ein Gerichtsverfahren, da dieser sich auf angeblich unrechtmäßige Weise in den Besitz der Regalien gebracht hatte. Der Kaiser hatte ihm nämlich diese Hoheitsrechte nicht verliehen, weil Konrad II. sich weigerte, den vom Kaiser unterstützten Gegenpapst anzuerkennen.

Nachdem auch eine persönliche Aussprache der Betroffenen am 16. Februar 1166 ergebnislos blieb, hielt der Kaiser in Laufen einen Gerichtstag ab und verkündete die Acht über das Hochstift Salzburg. Trotz der verhängten Reichsacht konnte sich Erzbischof Konrad II. noch einige Zeit in der Stadt Salzburg behaupten. Erzbischof Konrad musste sich schließlich nach Friesach und später nach Admont zurückziehen, wo er auch 1168 starb. Diese Kontroverse des Erzbischofs mit dem Kaiser war äußerst folgenschwer, da das Land ein ganzes Jahr dem Raub und der Plünderung preisgegeben wurde. Besonders wüteten die Grafen von Plain, die 1167 die Stadt in Brand steckten, wodurch außer dem Rupertusmünster noch fünf Kirchen und drei Klöster ein Opfer der Flammen wurden.

So wie Konrad II. konnte auch sein Nachfolger Adalbert III. nicht die Anerkennung Barbarossas finden. Der Kaiser rückte mit Heeresmacht gegen Salzburg vor und nahm das Erzstift ohne Widerstand in Besitz. Sein Hoflager schlug Friedrich I damals bei Salzburghofen auf. Adalbert musste aus dem Erzstift fliehen, das salzburgische Kirchengut wurde in kaiserliche Verwaltung genommen. Im Februar 1170 hielt sich der Kaiser neuerlich auf Salzburger Boden auf, ebenso im Jahr 1172. Vor allem sein zweiter Aufenthalt ging als ein glänzender Hoftag in die Geschichte ein. Adalbert III. wurde schließlich vom Reichstag zu Regensburg (1174) für abgesetzt erklärt. (2)

An die Anwesenheit Friedrichs I. in Salzburg erinnern heute noch einige Bauwerke; so wurde im Haus Nr. 4 am Waagplatz während der Umbauarbeiten 1967/70 der sogenannte „Romanische Keller" entdeckt. Es ist dies ein Baudenkmal von außergewöhnlicher Erhabenheit und Wucht, das in seinen Elementen zu großartig ist, um als Untergeschoss eines Bürgerhauses gedeutet werden zu können.

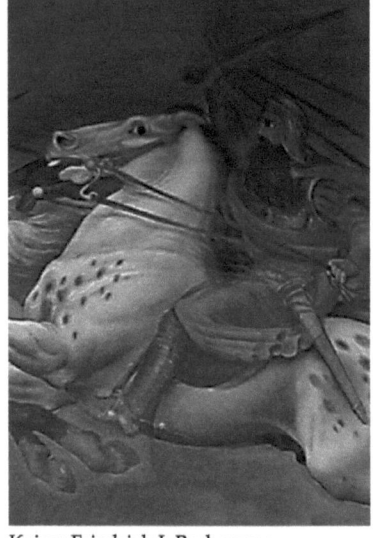

Kaiser Friedrich I. Barbarossa.
Ausschnitt aus Albert Birkles 1940

Es ist daher anzunehmen, dass hinter dem „imperialen" Stil der Kaiser stand. Dieser Keller, über dem sich der Palast erhob, ist der letzte Rest der Kaiserpfalz in Salzburg. Der Romanische Keller und die Pfalzkapelle (die Kirche St. Michael) sind in derselben Zeit entstanden, nämlich zwischen dem Stadtbrand von 1167 und 1172, dem Hoftag des Kaisers in Salzburg. (3)

Älteste Ansicht Salzburgs im ausgehenden Mittelalter.
Von Wilhelm Pleydenwurff nach Michael Wohlgemut um 1493, SMCA

Die Kaisersage – Wie kam Kaiser Karl in den Untersberg?

Franz Viktor Spechtler

Die Sage vom Kaiser Karl im Untersberg ist eine der bekanntesten Ausformungen des Mythos vom unsterblichen Herrscher im Berg und von dessen Wiederkehr am Ende der Zeiten. Mythen sind Erzählungen aus ältesten Zeiten, mit denen die Menschen verschiedene Naturerscheinungen zu erklären versuchten, über den Anfang und das Ende der Welt nachdachten oder verborgene Wünsche darstellten. Denken wir nur an die Darstellung von (fast) unbezwingbaren Helden (Achilles, Siegfried) oder an die listigen und in Zauberkünsten bewanderten Zwerge. Die im ersten Jahrtausend vor Christus in der Bibel und in anderen Schriften des Orients niedergeschriebenen Schöpfungsmythen gehören genauso dazu wie die Erzählungen vom Ende der Welt (Apokalypse).

Zunächst existierten diese Erzählungen nur mündlich, sodass wir auch von den Sagen eine Reihe von verschiedenen Fassungen besitzen. Das Ende der Welt wird meist mit einer großen Schlacht zwischen den Guten und den Bösen ge-schildert. Im Mittelalter siegen natürlich die Rechtgläubigen gegen die (bösen) Heiden, das sind die Andersgläubigen. Dazu kommt dann die Rettung durch Jesus am Jüngsten Tag (vgl. Daniel Kap. 2 u. 7; Apokalypse Kap. 13 u. 17). Damit wird die sogenannte Endkaiser-Erwartung verknüpft, der Mythos, dass ein hochverehrter Kaiser unsterblich wäre und am Ende der Zeiten wieder kommen müsste.

Ein solcher sagenumwobener Kaiser war der in ganz Europa berühmte letzte Stauferkaiser Friedrich II. (gest. 1250). Mit ihm endete das große Geschlecht der Staufer. Die Menschen des Mittelalters konnten dieses Ende, das ja große Wirren hervorrief, einfach nicht glauben. Daher entstand sofort nach dem Tod Friedrichs II. die Sage, dass er noch lebe.

Die heutigen Fantasy- und Science-Fiction Filme, die als „moderne Märchen" so beliebt sind, spiegeln noch die verschiedensten Mythen. Der König Artus ist ja auch „unsterblich" so wie Robin Hood und James Bond. Wo lebt nun der unsterbliche Kaiser bis zum Jüngsten Tag mit seinem Heer und seinen Bediensteten, darunter den Zwergen? Dieser Ort kann nur ein besonderer, Furcht erregender, unbezwingbarer Berg sein. Denken wir nur an den Olymp als dem Sitz der griechischen Götter. Für Kaiser Friedrich II. war dieser Berg zunächst der Ätna auf Sizilien, wo der Staufer seine Hauptresidenz hatte. Dann schilderte Johannes Rothe (gest. 1434), der Verfasser der Thüringischen Weltchronik, dass Friedrich auf dem Berg namens Kyffhäuser in verlassenen Burgen lebt. Andere sprachen vom Palast des Kaisers im Berg. Wie stark diese mythologischen Vorstellungen weiterlebten, zeigt die Tatsache, dass dort die Bauern bei ihrem Aufstand 1515 auf die Hilfe von Friedrichs Truppen hofften.

1557/58 berichtete Lazarus Ginzer aus Reichenhall, dass sich der Kaiser im Untersberg aufhalte. Statt Friedrich II. wird bald sein Großvater, der ebenfalls berühmte Kaiser Friedrich I. Barbarossa (gest. 1140), genannt, ihm „folgt" dann Kaiser Karl (gest. 814). Dies vermutlich deshalb, weil er enge Verbindungen zum Erzstift Salzburg gehabt hatte.

In der Untersbergsage verbanden sich also der Mythos vom unsterblichen berühmten Herrscher, der in einem markanten, geheimnisvollen Berg mit seinem Heer lebt, mit dem Mythos von der Wiederkehr des Herrschers am Ende der Tage, biblisch gesprochen beim Jüngsten Gericht. Da wird der Herrscher mit seinem Heer alle Ungläubigen besiegen.

Kaiser Karl Skulptur beim Gasthof Esterer in Fürstenbrunn.

Bild: C. Uhlir

Die keltischen Wurzeln der Untersberg-Sagen

Georg Rohrecker

Die Sagen unseres Landes haben wie alle ihrer Gattung viele Väter, aber nur eine Mutter. Die Väter sind die ungezählten „Bearbeiter" und Interpreten im Laufe der Zeit. Die eigentliche Mutter ist die heimische Mythologie – und die ist in unserem Falle eindeutig keltisch! Ein Musterbeispiel für diese Behauptung ist der Untersberg, der mit seinem Sagenschatz in unmittelbarer Verbindung zur heutigen Stadt Salzburg steht, zu deren besonderer Stellung in der profanen und sakralen Infrastruktur der Ostalpen im Laufe der Geschichte bis zurück in die Jungsteinzeit. Gerade hier sind bei genauerer Betrachtung umgekehrt die zugehörigen Sagen ein wichtiger Schlüssel, auf die herausragende Bedeutung Salzburgs als prähistorisches überregionales Kultzentrum zu schließen, für das der Untersberg schon damals den imposanten Hintergrund bildete, z. B.: Der Riese Abfalter, Die Weiße Frau von Hohensalzburg, Die Stierwascher, Der Schlangenfänger usw. (1)

Unsere Sagen spiegeln dabei im Grunde auch die Not unserer Ahnen bei der Bewahrung der eigenen Mythologie wieder. Konkret beginnt dieses Phänomen mit dem Berufsverbot für die Druiden durch die römischen Besatzer nach der Okkupation der keltischen Ostalpen. Weitere ideologische und höchst weltliche Okkupationen und Vereinnahmungen reichen bis in die heutige Zeit, der es hierzulande noch immer nicht gelungen scheint, mit ihren keltischen Wurzeln zurecht zu kommen. Diese liebe Not hängt auch zusammen mit der durch die „Klassische Bildung" einhergehenden Überbetonung der griechischen und römischen Antike einerseits und der zum Teil fatalen „Germanisiererei" der letzten Jahrhunderte andererseits.

So wichtig die „Nationenwerdung" – auch die deutsche ist, so fatal fielen die Folgen für unsere heimischen Mythen und Sagen – und für Teile der Wirklichkeit – aus. Welch Geistesgrößen waren zwar z. B. die Brüder Grimm? Sie haben nicht nur zu dieser „Germanisiererei" ihren Teil beigetragen, sondern auch die Untersbergsagen bekannt gemacht. An dieser Stelle interessiert jedoch ihr Beitrag zur Mythologie. Bruder Jakob begriff sein Werk nicht als „Germanische", sondern als „Deutsche Mythologie", der er interessanterweise durchaus „celtischen Einfluss" (sic!) zubilligte. (Vorrede zur zweiten Ausgabe, s. XXIII.) Trotz aller fassbaren Parallelen müssen wir – nicht zuletzt zum tieferen Verständnis unserer Sagen – festhalten: Die Mythologie der Ostalpen ist/war keine „deutsche" oder gar „germanische"! Sie ist/war (vor der Einführung der Schrift) ganz eindeutig eine klar davon zu unterscheidende „keltische Mythologie", die hinter allen Uminterpretationen noch immer hervorscheint!

Was im Speziellen den Untersberg und seine Sagen betrifft, bietet er sowohl dafür einige hervorragende Beispiele, wie auch für seine ungerechtfertigte Vereinnahmung. Dies wird allerdings nur dann verständlich und plausibel, wenn man sich mit dem „Kleinen Einmaleins" der keltischen Mythologie auseinandersetzt, mit dem alten Wissens- und Glaubensgut der Kelten. Im Zentrum stand jedenfalls die eine (später dreifache) Schöpfergöttin und Urmutter Natur, die als „Bergmutter" auch unseren Untersberg schuf, der sich nach Lage und Beschaffenheit besonders gut eignete, ein Hort der für den keltischen Glauben zentralen „Anderswelt" zu sein.

Da die Kelten an den ewigen Kreislauf des Lebens glaubten, waren sie auch davon überzeugt, selbst an diesem Kreislauf teilzunehmen, und nach ihrem (vorübergehenden) Tod und einem heilsamen, verjüngenden, paradiesischen Aufenthalt im Schoß von Mutter Erde, in ihrer „Anderswelt", immer wieder eine neue Geburt im Diesseits zu erleben. Den Verjüngungskult (zu Ehren des Belenus, der bei uns vielleicht Abfalter hieß) – und auch die Kür ihrer Stammeshäuptlinge – übten die heimischen Kelten vermutlich auf dem Areal des heutigen Friedhofs von St. Peter vor den „Katakomben" aus. Die heilige, also heilbringende „Anderswelt" lag für sie noch lange nach „Christi Geburt" im nahen Untersberg, der seinen Namen natürlich nicht von einer profanen „Jause" hat.

Als Kronzeuge dafür können wir sogar Abtbischof Virgil heranziehen, dessen irokeltische Erziehung es ihm offensichtlich erlaubte, seinen Salzburger Schäfchen Teile dieser wunderbaren „heidnischen" Vorstellung vom Kreislauf des ewigen Lebens und einem naheliegenden Paradies noch um die Mitte des 8. Jahrhundert durchgehen zu lassen. Vor dem Belenus-Fest des Jahres 748 wurde es jedenfalls dem Oberbevollmächtigten des Papstes für die Missionierung in Deutschen Landen, Bonifatius, zu bunt. Er beschwerte sich beim Chef in Rom, in dessen Antwort – entgegen „moderner" Interpretation – nichts von einer Art „Antipodenlehre" erwähnt wird, sondern eine knappe Beschreibung der genuin keltischen „Anderswelt" im heimischen Untersberg.

Karl der Große, ab 800 Kaiser, nicht faul, ließ sich wahrscheinlich bereits unter dem von ihm eingesetzten und zum ersten Erz-Bischof ernannten Virgil-Nachfolger, Arno, einen angemessenen Platz in unserem Wunderberg reservieren. Mit dieser „germanischen" Okkupation, die noch andere „Deutsche" Kaiser nachvollziehen sollten, kamen bald auch jene eschatologischen Sagen auf, jene typisch „germanisch-gruseligen" Endzeit-Geschichten von letzten Entscheidungsschlachten und Götterdämmerungen, die unseren keltischen Ahnen schon deshalb fremd waren, weil in ihrem Glauben an das ewige Leben im Diesseits und der hellen „Anderswelt" kein Platz war für solch düstere „Verirrungen". (2)

Unser alter Untersberg ist immer noch groß und stark genug, alle „nachkeltischen" Vereinnahmungen unbeeindruckt zu ertragen. Vielleicht erlebt er sogar noch seine Befreiung – zu der allerdings einer Schlüsselsage nach, der auch Karl mit dem langen Rauschebart unterworfen ist, erst Bergmutters „Zwergenstein" gefunden werden muss.

Die „Germanisierung" der Untersbergsagen bis zur NS-Zeit

Rosa Löw, Siegrid Schmidt & Gerd Kerschbaumer

Jede Propaganda hat volkstümlich zu sein und ihr geistiges Niveau einzustellen nach der Aufnahmefähigkeit des Beschränktesten unter denen, an die sie sich zu richten gedenkt. Adolf Hitler (1)

Volkssagen und natürlich auch die Sagenkreise rund um den Untersberg eigneten sich hervorragend zur Umsetzung dieses nationalsozialistischen Dogmas. Die Sage von Karl dem Großen im Untersberg, die Geschichten über seine sagenhaften Bewohner und damit verbundene Bräuche wurden in der NS-Zeit wieder belebt, wobei die für die NS-Propaganda typische Schwarz-Weiß- Malerei von Gut und Böse ohnehin von den Dichtern des 19. Jahrhunderts vorweggenommen wurde. Adalbert von Chamisso schrieb zu Beginn des 19. Jahrhunderts in seinem Gedicht „Der Birnbaum auf dem Walserfeld" etwa folgende Zeilen:

> Und ist die Zeit gekommen, und ist das Maß erst voll,
> Ich sage gleich das Zeichen, woran man's kennen soll,
> So wogt aus allen Enden der sündenhaften Welt
> Der Krieg mit seinen Schrecken heran zum Walserfeld.

> Dort wird es ausgefochten, dort wird ein Blutbad sein,
> Wie keinem noch die Sonne verliehen ihren Schein.
> Da rinnen rote Ströme die Wiesenrain entlang.
> Da wird der Sieg den Guten, den Bösen Untergang.

Es war also für den Nationalsozialismus gar nicht nötig, sensationell Neues zu erfinden, auch die „Germanisierung" der Untersbergsagen war schon lange vorher vollzogen. Ein volkstümliches Singspiel, aufgezeichnet 1912, also der Zeit des deutschen Hochimperialismus, zeigt uns sehr klar, wie die Lazarusgeschichte dem deutschen Chauvinismus dienstbar gemacht wurde. Als Kostprobe ein kleiner Ausschnitt aus dem „Sang vom Untersberg":

> „Wir hämmern und schmieden das deutsche Schwert,
> Von wehrhaften Männern so sehr begehrt.
> Vom Morgengrau'n bis es schattet zur Nacht
> Und bis einst geschlagen die große Schlacht,

Und heiliger Friede im deutschen Land,
Dann lehnen die Hammer wir an die Wand.
Doch ist noch nicht gekommen die Zeit
Noch liegt die Welt in Kampf und Streit,
Drum schmieden wir euch die heilige Wehr,
Zu Gottes und des Volkes Ehr'.
Das deutsche Schwert, das dem Hunnen-Schwarm
Den Weg wies, daß es Gott erbarm',
Die Langobarden im welschen Land,
Sie spürten die Streiche von deutscher Hand;
Avaren und Hungarn, sie zogen heim
Und wollten nicht alle des Todes ein.
Viel Sarazenen lagen im Sand,
Der Muselmann im heil'gen Land,
Der Türk'vor Wien und Belgerad
Vor solcher Wehr auch fliehen tat,
Selbst für das Franzmanns Übermut,
Wie war das deutsche Schwert so gut,
Und siegreich war's zu jeder Zeit
Im ehrlichen Kampfe, im ehrlichen Streit.

Am Eingang der „ersten Führerkaserne der Ostmark", der heutigen Rainer Kaserne in Glasenbach, prangt das propagandistisch verwendete Motiv des Kaisers, der mit einer Schar von Reitern als „Wilden Heer" aus dem Untersberg hervorbricht. Das 16 m breite Fresko wurde vom Mahler Albert Birkles 1940 fertiggestellt. (6) Foto: C. Uhlir 2004

Sageninhalte haben immer eine Beziehung zur jeweiligen Gegenwart. Wir finden in Sagen kollektive Phantasien wieder, die das Weltbild ihrer Zeit preisgeben. An Ribbentrops Sammlung „Um den Untersberg - Sagen aus Adolf Hitlers Wahlheimat" lässt sich gut zeigen, wie die Endzeitvision der „klassischen" Walserfeldsage mühelos in nationalsozialistische Kriegspropaganda uminterpretiert wurde. Kommt es laut älterer Ausgaben zur Endschlacht „weil kein Mensch mehr den anderen brüderliche Liebe zeigen will" (siehe S. 71), so kämpft in der Ribbentrop Sagensammlung das Heer der Wahrheit gegen die Streitmacht des Bösen. Das Böse erliegt der jungen Kraft des tapferen Volkes. Diese Sagensammlung wurde gezielt für junges Leserpublikum zusammengestellt, und die junge Kraft wurde bekanntlich in den letzten Kriegsjahren dringend gebraucht. Der Walser Birnbaum wird zum „Thingbaum", der Bayernfürst wird zum Herzog des Volkes (Hitler) und schmückt den „Thingplatz mit dem Schild seines Volkes". Karl der Große und sein Reich werden zum Ursprung der Idee des ‚Dritten", des 1000-jahrigen Reiches. (2)

Auch der Walser Birnbaum, der 1882 zum „dritten Mal" gepflanzt wurde, ist in der Nazi Propaganda Symbol der drei deutschen Reiche:

So kann man sagen der erste Birnbaum bedeutet das Erste Reich (1872 gefällt), der zweite Birnbaum wurde wie das zweite Reich nicht alt (1883 umgeweht), weil es nicht das ganze war, der dritte Birnbaum (steht noch immer) aber soll im dritten Reich das tausendjährige Alter des ersten Birnbaumes erreichen. (3)

Die schon seit dem 19. Jahrhundert stattfindende Instrumentalisierung der Untersbergsagen für politische Zwecke erreicht während der Hitler-Zeit ihren absoluten Höhepunkt. Die komplette germanische Götterwelt wird im Untersberg angesiedelt und der Berg selber als wesentlicher Festplatz der germanischen Vorfahren gewürdigt. Dass dabei alle keltischen Wurzeln und Traditionen dem Zwecke der „Arisierung" zum Opfer fallen, ist offenkundig (3). Als eines der Grundmotive der Sagen wird die „rassisch einwandfreie Ehe" genannt. An einem Beispiel wollen wir die Kunst der „Uminterpretation" historischen Sagengutes zeigen.

So werden die Wildfrauen zu arischen Schicksalsgöttinnen, die demjenigen, der eine Frau „von seltener Schönheit" (in der NS Auslegung = rein-rassisch) heiratet, dauerndes Glück bescheren (4).

Keine Geschichte, kein Baum, keine alte Kultstätte, die nicht im Dienst der Rassenidiologie gestellt worden wäre. Bis in die unmittelbare Gegenwart herein verfolgt uns die nationalsozialistische Inbesitznahme dieses Sagenkulturgutes. So prangt am Eingang der „ersten Führerkaserne der Ostmark"(6), der heutigen Rainer Kaserne in Glasenbach, das Motiv des Kaisers, der mit einer Schar von Reitern als „Wildes Heer" aus dem Untersberg hervorbricht.

Der Untersberg vom Hochlenzerhof von E. Müller-Bernburg, 1937 (2)

Ist es nicht eine sonderbare Fügung, daß im Angesicht dieses Untersberges der Mann lebt und arbeitet, der das Reich der Jahrtausende alten Sehnsucht heute errichtet? (5)

Die immer noch aktuelle Aufgabe von uns allen, die wir unsere Heimat mit ihrem kulturellen Reichtum wieder vorbehaltlos lieben wollen, ist es, diese missbrauchten Sagen über den Untersberg und die begleitenden Geschichten zu filtern und für neue Generationen zu bewahren.

Der Sagenschatz in Kunst und Alltag - Ein Überblick

Die Wirkung der Untersbergsagen, allen voran die Sage „Lazarus Gitschner im Unterberg", begann mit der Anfertigung und Illustration zahlreicher Handschriften. Die am ausführlichsten bebilderten sind HS 2398 und HS 1295 vom Salzburger Museum Carolino Augusteum. Die Ausführung der Bilder lässt auf begabte Laien schließen. Personen, Gebäude und Landschaften sind stark stilisiert und schematisch wiedergegeben. Personen werden entweder von vorne oder im Profil dargestellt. Die Bilder beziehen sich nur zum Teil auf die Texte, der Rest ist jedoch im allgemeinen Zusammenhang zu sehen. Sie unterstützen den Text durch zusätzliche Aussagen und verstärken ihn. Die Bilder zeigen deutlich Standesunterschiede, Verhaltensweisen und zeitgenössische Trachten, sie sind damit volkskundlich-kulturgeschichtliche Zeitdokumente. Ein Teil der Bilder wurde schon für die Illustration der Sagen verwendet und daher wird an dieser Stelle je eines aus der Lazarusgeschichte und eines aus den die Lazarusgeschichte umrankenden Zeugnissen der Handschrift Nr. 1295 vorgestellt. (1)

Ende des 18. Jahrhunderts beginnt mit dem Brixner Sagenbüchl (1872) eine Serie von unterschiedlich gut gelungenen Sagenbüchern. Einige beinhalten nur die „Untersbergsagen", andere präsentieren sie im Rahmen der sogenannten „Salzburger Sagen". Je neuer die Ausgabe, desto mehr Volkssagen werden aufgenommen, bzw. dem Untersberg zugeordnet.

Lazarus Gitschner schaut durch das Fenster in das Reich im Berg, mit Kaiser Friedrich und anderen hohen Herren im Vordergrund.

Bild aus Handschrift 1295, SMCA Salzburg

der schreiber schauet durch das fenster auf die gassen und siehet den keiser friderich. nebst vilen anderen heren und gemeine.

Für die Ausstattung der Sagenbücher des 19. Jahrhunderts wurden
viele Stiche und Radierungen ange-
fertigt, u. a. vom Salzburger J. Eibl,
1877 für die Salzburger Sagen von
R. Freisauff. Hans Markats Radie-
rung „Kaiser Karl verlässt den Untersberg" (1860) ist niemals in ge-
druckter Form erschienen. Die Quali-
tät der Ausführung und die geniale
Darstellung des Kaisers, der mit
seinen Getreuen in die Schlacht zieht,
stellt alles übrige in den Schatten.
(siehe 1. Seite und Ausschnitte im
Buch).

Das Bergmännchen tanzt bei der Hochzeit in Glasenbach.

Bild aus Handschrift
1295, SMCA Salzburg

Die Romantische Oper „Der Untersberg" von Freiherrn von Poisl, Libretto
von Freiherr von Schenk (1829), am 3. Oktober 1829 in München uraufgeführt,
handelt von der Liebe eines Edelmannes zu der Tochter des Herrschers im
Zauberberg. Ein klassisches Thema wird mit dem Untersberg verknüpft. Der
Beginn der Oper zeigt die Schätze im Berg, die zerrinnen, sobald ein menschliches
Wesen nach ihnen greift.

..... Als ich das Gold so schimmern sah,
Wie Laub Smaragden hangen,
Da weiß ich nicht wie mir geschah,
Da faßt mich ein Verlangen.
Ich griff danach, doch schnell verschwand
Die Pracht, die Geisterschaar; .....

Es folgt die Szene einer Jagdgesellschaft auf dem Untersberg, bei der sich
der Edelmann Guido in die Jungfrau Astralis verliebt und von ihr in die Unterwelt
gelockt wird. Dort wird die Liebe zwischen Astralis und Guido auf Befehl des
Herrschers der Unterwelt (Oderich) einer schweren Prüfung unterzogen.

Am Ende siegt die Kraft der Liebe des Paares über die Zauberkraft des Berges und man zieht in Eintracht gegen Süden nach Amalfi, um dort die Herrschaft wieder zu übernehmen. (2)

Auch eine Posse mit Gesang in drei Akten von Alois Berla spielt im Inneren des Untersberges. „Geverinus, der Narr vom Untersberg oder: ein patriotischer Wunsch" wurde von Franz von Suppé vertont. (3)

Die Untersbergsagen haben als populäre Dichtung den „Sang vom Untersberg" hervorgebracht, der jährlich zur Faschingszeit aufgeführt und 1912 erstmals von Toni Blum niedergeschrieben wurde. Dieses Salzburger Singspiel behandelt sowohl Motive aus der Lazarusgeschichte als auch von der Wilden Jagd, den Riesen, Wildfrauen und Zwergen. Zum Zeitpunkt der Aufzeichnung ist das Singspiel bereits stark nationalistisch gefärbt und spiegelt den Traum von einem einheitlichen Deutschen Reich wieder.

> Solo der Teutonia:
> ..... So ziehe hin du deutscher Held
> Und siege dort am Walserfeld,
> Vernich´ der grimmen Feinde Zahl
> Mir deutschem Erz und deutschem Stahl;
> Es schirmt der alte Kaiser dich
> Und krönt noch heut´ als Krieger dich,
> Sieg oder Tot die Losung sei,
> Dem Vaterlande ewig treu. ......(4)

1970 wird der „Sang vom Untersberg" vom Lungauer Pfarrer Valentin Pfeifenberger aufgenommen und in ein zeitgenössisches Dramolett umgewandelt. (5)

Eine Ausnahme von der am Ende des 19. Jhd. üblichen deutsch-nationalen Einfärbung der Untersbergsagen in Lyrik und Volkskunst bildet der Roman „Unter den Gnomen im Untersberg: eine sonderbare Geschichte" des süddeutschen Theosophen Franz Hartmann, 1896. Dieses wohl witzigste und hintergründigste Werk über das mystische Inventar des Untersberges ist im englischen Sprachraum bekannter als bei uns und wird dort offensichtlich noch immer gelesen. Eine Satire auf die seit jeher als unfehlbar angesehenen Naturwissenschafter, die in ihrer Ignoranz und ihrem Größenwahn dem Untersberg mit einem Geistersuchgerät zu Leibe rücken wollen. Sie scheitern kläglich, werden von den Untersbergern an der Nase herumgeführt und ....(6)

Die Untersbergsagen haben auch im Alltagsleben ihre Spuren hinterlassen. So wurden im 19. Jhd. Motive wie Moosweibchen, Zwerge usw. von Holzschnitzern aufgenommen und den Touristen feilgeboten. Bemerkenswert sind die Arbeiten des Halleiner Kunstschnitzers Anton Baumann, der aus dem 1872 gestürzten Walser Birnbaum zahlreiche Werke mit Sagenmotiven anfertigte. (7)

Viele Lokalnamen am und rund um den Untersberg sind von den Sagen geprägt, wie der Abfalter Rücken, die Goldlöcher, Karls Eiskeller und Weinkeller, ein Goldbründl und das 1930 verstürzte Drachenloch. Straßennamen wie die „Kaiser Karl Straße" in Salzburg und Grödig sowie der „Abfalterweg" zeugen von der Präsenz im Straßenbild. Viele Wirtsgehäuse rund um den Berg sind geschmückt mit Wandmalereien oder Bildern von Sagenthemen. Der Gasthof Esterer in Fürstenbrunn ließ einen schlafenden Kaiser Karl am Marmortisch für seine Gäste anfertigen. Die Gemeinde Wals trägt den Walser Birnbaum im Wappen und 1920 wurde das Notgeld von Grödig und Siezenheim mit den gängigsten Sagenmotiven geschmückt. (7)

Das Grödiger Notgelt, gestaltet von K. Reisenbichler, 1920.

Bild: Untersbergmuseum

Auch für die Vermarktung von Produkten wurde und wird die Sagenwelt herangezogen. Schnaps wurde in Zwergenflaschen verkauft, Bier trägt den Namen „Kaiser Karl" und die Untersbergbahn wirbt mit dem Slogan „Sagenhaft Wandern". (8)

In jüngster Zeit, im Zuge des wiederaufkommenden Heimatbewusstseins und vor allem verschiedenster esoterischern Strömungen, erleben die Untersbergsagen und die Mystik des Berges eine wahre Renaissance. Der Untersberg wurde zur Pilgerstätte für naturreligiöse bzw. esoterische Gruppierungen, unter anderem wird der Berg als Treffpunkt für schamanistische Erdheilungen, Schwitzhüttenabende, Meditationsgruppen usw. gewählt.

Vor wenigen Jahren wurde die alte Almhütte auf der Klingeralm zu einem Gebetshaus umgebaut, in dem der Loretto-Gebetskreis regelmäßig Andachten abhält. Neben dem bereits bestehenden Marien-Heilgarten in Großgmain ist die Eröffnung eines Marienzentrums der Marienbruderschaft geplant.

Untersberg mit Blick von Leopoldskron, Johann Weyringer, 1995, Foto: C. Schneider

Lüftelmalereien eines Berchtesgadener Malers (1960) unter dem Giebel vom Gasthof Schorn in St. Leonhard, zeigen links den Kaiser mit dem Hirten und rechts den Weinfuhrmann. Foto von C. Uhlir

Vertreter der neueren bildenden Kunst nahmen sich des Bergs an – einer der international renomiertesten Vertreter ist Jim Dine, dessen Untersberg-Acrylzyklus große Beachtung gefunden hat. Dem Salzburger Maler Klaus Reif, dessen Arbeiten noch heute am ICCM ausgestellt sind, wird nachgesagt, am Untersberg „verschwunden" zu sein. Hans Weyringer malte den Untersberg mindestens 40 mal. Auch Janz Franz, der zwei Jahre am Fuß des Berges gearbeitet hat, wurde vom Untersberg inspiriert. (9)

Kürzlich wurde vom Salzburger Verein „torf" ein Hörspiel herausgegeben: „Der Untersberg - Vier fabelhaft magische Geschichten".

Der Untersberg:

Sehet die ganz eigenen Gestalten,
Die des Untersberges Umriß zeigt,
Und ihr fühlet ein unheimlich Walten
Bey dem Anblick, dem kein and´rer gleicht.
Seit ihr hingestiegen um zu lauschen
An des wunderbaren Berges Mund,
Höret ihr es furchtbar unten rauschen
In dem finstern unermeßnen Schlund
Diese hohen Marmorfelswände,
Schimmernd in des Farbenglanzes Pracht
Brachten manchem schon ein frühes Ende,
Stürzend in den Schoß der ew´gen Nacht.
Mannigfaltig sind die vielen Sagen
Seiner innern, seiner äußern Welt,
Die aus tiefer Vorzeit zu uns ragen,
Uns ein Grauen immerhin befällt.
Schätze sind in dieses Berges Klüften,
Öfters haben Wand´rer sie gesehn,
Nicht zu holen sind sie aus den Grüften,
Selbst die Hoffnung muß darnach vergehn.
Züge kleiner Männer nächtlich zeihen
Nach dem Kirchlein hin von Unterstein,
Wehe denen, die nicht eilig fliehen!
Denn sie müssen mit in ihre Reih´n.
Müssen mit, und niemals losgelassen
Werden sie, noch keiner wiederkam,
Unverzeihlich müssen sie erblassen,
Die der Untersberger Zug entnahm.
Kaiser Karl der Große muß verweilen
In des zaubervollen Berges Schoß,
Wie vorbei Jahrhunderte auch eilen,
Bleibt Erstarrung dich sein altes Los.
Bis einst um die große Tafelrunde
Dreimal sich gewunden hat sein Bart,
Dann erst schlägt ihm die Erlösungsstunde
Wie dem Heere, das um ihn gescharrt.
Und es öffnen sich die Marmorwände,
Mit dem Heere auf das Walserfeld
Zieht der Kaiser, und dann ist das Ende
Auch zugleich gekommen dieser Welt.

Ludwig I., König von Bayern

Quellen und Lesenswertes

Sagenbücher

Braunmann, F., Salzburger Sagenreise, Salzburg, 1994.

Brettentaler, J. & Laireiter, M., Das Salzburger Sagenbuch, Salzburg, 1978

Freisauff, R. von, Aus Salzburgs Sagenschatz, Salzburg Archiv Bd. 15, Salzburg, 1993.

Huber, N., 90 Untersbergsagen in 14 Abteilungen, Salzburg, 1901.

Petzoldt, L., Sagen aus Salzburg, München, 1993.

Vernaleken, T., Alpensagen, Graz, 1993.

Hintergründe

Dopsch, H., Geschichte Salzburgs, Bd. 1, Salzburg, 1981.

Erben, W. , Unterberg-Studien. Ein Beitrag zur Geschichte der deutschen Kaisersage, Mitt. der Sbg. Landesk., Jg. 54, S 1 -96, 1914.

Herzog, W., Die Untersbergsage, nach den Handschriften untersucht und herausgegeben, Graz, Wien, Leipzig 1929.

Kammerhofer-Aggermann, U., (Red.), Sagenhafter Untersberg, Die Untersbergsage in Entwicklung und Rezeption, Salzburger Beiträge zur Volkskunde, Bd. 5, Salzburg, 1991/92.

Kerschbaumer, G., Faszination Drittes Reich, Kunst und Alltag der Kulturmetropole Salzburg, Salzburg, 1988.

Rohrecker G., Druiden, Wilde Frauen, Andersweltfürsten, Das Keltische Erbe in Österreichs Sagen, Pichler, Wien 2002.

Vernaleken , T., Mythen und Bräuche des Volkes in Österreich. Ein Beitrag zur deutschen Mythologie, Volksdichtung und Sittenkunde, Wien 1859.

Literaturverzeichnis

S. 13-17 Auszüge aus Originaltexten & Ursprüngliche Themen in den alten Handschriften

(1)   Herzog, Wilhelm, Die Untersbergsage, nach den Handschriften untersucht und herausgegeben, Graz, Wien, Leipzig, 1929.

S. 18-83 Die Untersbergsagen

(1)   Huber, N., Sagen vom Untersberg, Salzburg 1901.
(2)   Freisauff, R. von, Salzburger Volkssagen, 2 Bde., Wien/Pest/Leipzig 1880.
(3)   A. Schöppner, Sagenbuch der bayerischen Lande 1866.
(4)   Vernaleken, T., Alpensagen, Volksüberlieferungen aus der Scheiz, aus Vorarlberg, Kärnten, Steiermark, Salzburg, Ober- und Niederösterreich, Wien 1858.
(5)   Grimm, J. & W., Deutsche Sagen, („Brüder Grimm"), Kassel, 1816/18.
(6)   Branky, F., in: VZ für Volkskunde 3, 1891, 267 S.
(7)   Bechstein, L. , Volkssagen, Mährchen und Legenden des Kaiserstaates Österreich, Wien, 1840.
(8)   Die schönsten Sagen aus Österreich, o. A., o. J.
(9)   Herzog, Wilhelm, Die Untersbergsage, nach den Handschriften untersucht und herausgegeben, Graz, Wien, Leipzig 1929.

S. 84-88 Der Wunderberg - Aufstieg und Fall des Untersberges

(1)   Kieslinger A., Die nutzbaren Gesteine Salzburgs, Salzburg, Studtgart, 1964, 436 S.
(2)   Langenscheidt, E., Geologie der Berchtesgadener Berge, Nationalpark Berchtesgaden, 1994, 155 S.
(3)   Kappacher, W. & Mais, K., Salzburger Höhlenbuch Bd. 1, Verein der Salzburger Höhlenkunde, Salzburg, 1975, 335 S.
(4)   Uhlir, C. & Loidl, B., Naturkundlicher Wanderführer Untersberg, Naturkundliche Führer Bundesländer, Bd. 6, OeAV, Insbruck, 2000, 109 S.
(5)   „Höhlenforscher schaffen den Durchstieg unterm Untersberg" !", in: Salzburger Kronenzeitung, Dienstag 19. Oktober 2004, S. 12 f.

S. 89-91 Landschaften und Schauplätze

(1)   Uhlir, C. & Loidl, B., Naturkundlicher Wanderführer Untersberg, Naturkundliche Führer Bundesländer, Bd. 6, OeAV, Insbruck, 2000, 109 S.
(2)   Uhlir, C. & F. Gusenbauer, Wanderkarte Untersberg - Natur und Kultur, Universität Salzburg, Institut für Geologie, 2000.

S. 92 Der Name Untersberg und seine Bedeutung

(1)   Weber-Fleischer, Y., Die Überlieferung von den Herrschern im Berg - Dargestellt am Beispiel der Untersbergsage, in: Kammerhofer-Aggermann, U., Sagenhafter Untersberg, Salzburger Beiträge zur Volkskunde, B. 5, S. 17-170, 1991/92.
(2)   Erben, W. , Unterberg-Studien. Ein Beitrag zur Geschichte der deutschen Kaisersage, Mitt. der Sbg. Landesk., Jg. 54, S 1 -96, 1914.

S. 93-98 Historisches, Politisches und Naturschauspiele

(1)   Martin Hell, Antike Steinsärge in der Abteikirche St. Peter zu Salzburg, SMCA Jahresschrift 11, 1965, 23-26 (23-32).
(2)   Johann Joseph Pockh, Der Politische Catholische Passagier durchreisend alle hohe Höfe / Republiquen / Herrschafften und Länder der gantzen Welt (Augsburg 1718) 346.
(3)   Franz Anton von Braune, Excursionen nach dem Untersberge, Botanisches Taschenbuch 1797, (19-20).
(4)   David Heinrich Hoppe, Bericht über meine diesjährige botanische Reise, Botanisches Taschenbuch 1800, 176-177 (160-198).
(5)   Norbert Schindler, Mehrdeutige Schüsse. Zur Mikrogeschichte der bayerisch-salzburgischen Grenze im 18. Jahrhundert, Salzburg Archiv 23 (1997) 118 (99-132).
(6)   Norbert Schindler, Wilderer im Zeitalter der Französischen Revolution. Ein Kapitel alpiner Sozialgeschichte (München 2001) 198.
(7)   Norbert Schindler, Mehrdeutige Schüsse. Zur Mikrogeschichte der bayerisch-salzburgischen Grenze im 18. Jahrhundert, Salzburg Archiv 23 (1997) 118 (99-132).
(8)   Judas Thaddäus Zauner, Beyträge zur Geschichte des Aufenthaltes der Franzosen im Salzburgischen und in den angränzenden Gegenden. 1. Bd. (1801) 261; 2. Bd. (1802) 179; Kurt A. Mitterer, Salzburg anno 1800. Die vergessene Schlacht auf den Walser Feldern (Salzburg 1999) 86.
(9)   Nora Wattek, Lappen, Fexen und Sonderlinge in Salzburg, Mitteilungen der Gesellschaft für Salzburger Landeskunde, 240 (225-255).
(10) Johann Baptist Weis, Hans-Jörgels Reise nach Oberösterreich, Salzburg und Bayern. 1. Bd. (Wien 1844).
(11) Karl Hofmann, Der Untersberg, Der Alpenfreund. Monatshefte für Verbreitung von Alpenkunde unter Jung und Alt 1, 1870, 43 (36-44).
(12) Rudolf Freisauff von Neudegg, Der Birnbaum auf dem Walserfelde (Salzburg 1876) 18.
(13) Guido von List, Die Armanenschaft der Ariogermanen Bd. 1 (Wien 1908) 70.

(14) Dokumentationsarchiv des österreichischen Widerstandes (Hg.), Widerstand und Verfolgung in Salzburg. 1934-1945 (Wien – Salzburg 1991) 78 Nr. 49.

(15) Manfred von Ribbentrop, Um den Untersberg. Sagen aus Adolf Hitlers Wahlheimat (Frankfurt am Main o. J. [1937]) 3.

(16) Albert Speer, Erinnerungen (Berlin 1969) 177.

(17) "Jetzt können Bergretter nur noch auf den Zufall hoffen!", in: Salzburger Kronenzeitung, Samstag 22. August 1987, S. 8 f.

(18) "Vermißte Bergsteiger am Suezkanal aufgetaucht!", in: Salzburger Kronenzeitung, Dienstag 17. November 1987, S. 10 f.

(19) Freiß, W., Ein Jahrzehnt Salzburger Festspiele, Eröffnungsfeiern 1991-2001, Salzburg, 2002.

(20) Förg, B. & Tichy M., Kulturantropologie des Untersberges, Masterthesis ICCM Salzburg, 49 S., 2004.

(21) Uhlir, C. & Loidl, B., Naturkundlicher Wanderfüher Untersberg, Naturkundliche Führer Bundesländer, Bd. 6, OeAV, Insbruck, 2000, 109 S.

S. 99-101 Historisches Umfeld

(1) Dopsch, H., Die Zeit der Karolinger und Ottonen. In: Geschichte Salzburgs, Bd. 1, Salzburg, 1981.

(2) Dopsch, H., Das Erzstift - Salzburg im Kampf gegen Friedrich Barbarossa. In: Geschichte Salzburgs, Bd. 1, Salzburg, 1981.

(3) Weber-Fleischer, Y., Die Überlieferung von den Herrschern im Berg - Dargestellt am Beispiel der Untersbergsage, in: Kammerhofer-Aggermann, U., Sagenhafter Untersberg, Salzburger Beiträge zur Volkskunde, B. 5, S. 17-170, 1991/92.

S. 102-103 Die Kaisersage - Wie kam Kaiser Karl in den Untersberg

Hannes Möhring: Der Weltkaiser der Endzeit. Sigmaringen 2000 (MittelalterForschungen 3).

Franz Viktor Spechtler/Siegrid Schmidt: Kaiser, Karl im Untersberg. Myhtos von der Wiederkehr des Herrschers am Ende der Zeiten. In: Jahrbuch der Oswald-von-Wolkenstein-Ges. 13 (2001/02), S. 241-252.

104-106 Keltische Wurzeln verschiedener Sagenkreise

(1) Rohrecker G., Druiden, Wilde Frauen, Andersweltfürsten, Das Keltische Erbe in Österreichs Sagen, Pichler, Wien 2002.

(2) Rohrecker G., Die Kelten Österreichs, Pichler, Wien 2003.

S- 106-109 Die „Germanisierung" der Untersbergsage bis zur NS-Zeit107

(1) Hitler, A. , Mein Kampf, 1932, München.

(2) Ribbentrop, M., Um den Untersberg Sagen aus Adolf Hitlders Wahlheimat, 42 S. Frankfurt, 1937.

(3) F. Zeller, Der Birnbaum auf dem Walserfeld, Salzburger Landeszeitung, 1941, S. 9.

(4) H. Amanshauser, Die Untersbergsagen, Salzburger Landeszeitung, 1940, S. 12.

(5) Sündermann, H., Der Blick vom Berg des Führers, Salzburger Volksblatt, 5. Dezember 1938, S. 7.

(6) Prähauser, L., Neue Fresken - Ausschmückung einer Salzburger Kaseren, Sbg. Volksblatt, 25. Okt. 1940.

S. 110-116 Sagenschatz in Literatur, Lyrik und Volkskunst

(1) Kammerhofer-Aggermann, U. Ikonographische Marginalien. Die Bilder in der Handschrift 1 zur Untersbergsage, In: Kammerhofer-Aggermann, U., Sagenhafter Untersberg, Salzburger Beiträge zur Volkskunde, B. 5, S. 219-265, 1991/92.

(2) Poisl, F. v., Gesänge aus der Oper: der Untersberg, Text von F. E. v. Schenk, 40 S. München, 1829.

(3) Berla, A. Geverinus der Narr vom Untersberg oder: Ein patriotischer Wunsch. Posse mit Gesang in drei Akten. Musik von Kapellmeister F. v. Suppé, Wien,   o. J.

(4) Blum, T. Ein Sang vom Untersberg, Melodramatisches Volksepos in zehn Gesängen, mit verbindenden gesprochenen Versen, nach der salzburgischen Volkssage, vertont von J. F. Klinger, Salzburg, 1912.

(5) Pfeifenberger, V. Im Untersberg, Entwurf zu einer Zeitrustikale, Tomatal im Lungau, 1971.

(6) Hartmann, F., Unter den Gnomen im Untersberg: eine sonderbare Geschichte, Leipzig, 1896.

(7) Aumayr W., Brettentaler, J. & Haslauer, H., Grödig aus der Geschichte eines alten Siedlungsgebietes am Untersberg, 383 S. Grödig, 1990.

(8) Weber-Fleischer, Y., Die Überlieferung von den Herrschern im Berg - Dargestellt am Beispiel der Untersbergsage, in: Kammerhofer-Aggermann, U., Sagenhafter Untersberg, Salzburger Beiträge zur Volkskunde, B. 5, S. 17-170, 1991/92.

(9) Förg, B. & Tichy M., Kulturantropologie des Untersberges, Masterthesis ICCM Salzburg, 49 S., 2004.

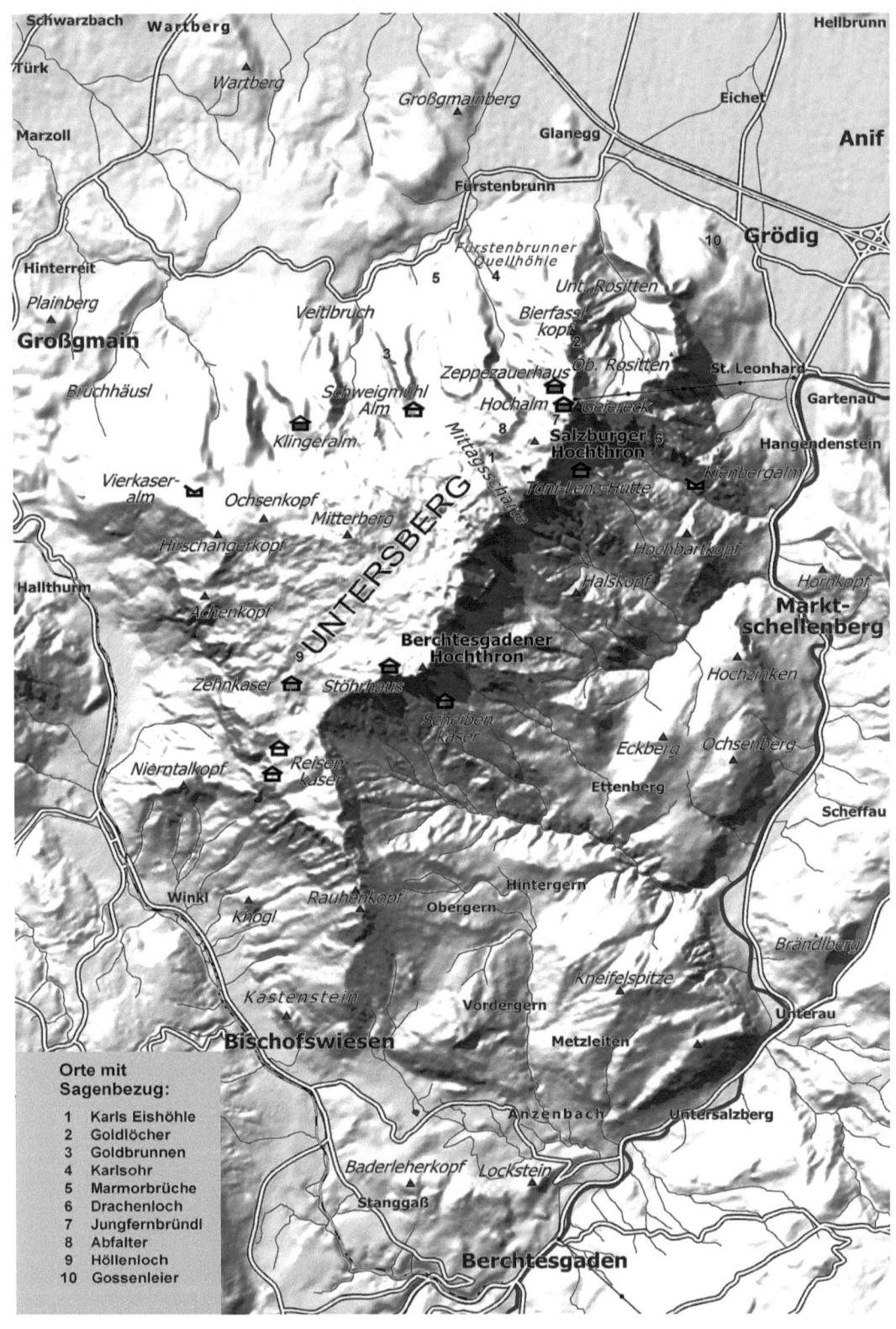

Schwarzbach   Wartberg   Hellbrunn

Türk   *Wartberg*   *Großgmainberg*   Eichet

Marzoll   Glanegg   Anif

                                          Fürstenbrunn

                                    Fürstenbrunner   10   Grödig
                                    Quellhöhle
Hinterreit   5   4   *Unt. Rosilten*
Plainberg   *Veitlbruch*   *Bierfassl-*
Großgmain   3   *kopf* 2   St. Leonhard
                                                Zeppezauerhaus *Ob. Rosilten*
Bruchhäusl   *Schweigmühl* *Hochalm* *Geiereck*   Gartenau
                         Alm   8
            Klingeralm   **Salzburger** 6   Hangendenstein
                                                 Hochthron
Vierkaser-   1 *Toni-Lenz-Hütte* *Nierbergalm*
alm   *Ochsenkopf*   *Hornkopf*
            Mitterberg   *Hochbartkopf*
Hirschangerkopf   U   *Halskopf*   Markt-
Hallthurm   N   schellenberg
            Achenkopf   T
                                     E   *Hochzinken*
                         9   R **Berchtesgadener**
Zehnkaser *Stöhrhaus*   S **Hochthron**
                                     B *Scheiben*   *Eckberg* *Ochsenberg*
Nierntalkopf *Reisen-*   E *kaser*
            kaser   R   *Ettenberg*   Scheffau
                                        G

                                                Hintergern
Winkl   *Knögl* *Rauhenkopf* *Obergern*   *Brändlberg*

                                                Kneifelspitze
            Kastenstein   *Vordergern*   *Unterau*
      Bischofswiesen   Metzleiten

Orte mit   *Anzenbach* *Untersalzberg*
Sagenbezug:

1   Karls Eishöhle   *Baderleherkopf* *Lockstein*
2   Goldlöcher
3   Goldbrunnen   *Stanggaß*
4   Karlsohr
5   Marmorbrüche
6   Drachenloch   **Berchtesgaden**
7   Jungfernbründl
8   Abfalter
9   Höllenloch
10 Gossenleier